darnau

DYLAN IORWERTH

Gwasg
Gwynedd

Argraffiad cyntaf — Awst 2005

ISBN 0 86074 216 4

*Cyhoeddwyd ac argraffwyd
ar ran Llys Eisteddfod Genedlaethol Cymru
gan Wasg Gwynedd, Caernarfon*

DAD, MAM, LÊN, LUNED . . . A SAM

Cynnwys

Traeth

Gweld y plant ar ymyl y môr yn chwarae mig efo'r tonnau.

Clywed eu sŵn o bell heb allu dweud y gwahaniaeth rhwng eu chwerthin a'u sgrechian.

Tynnu sgidiau, fel erstalwm, a gwasgu'r sanau i mewn iddyn nhw a rowlio'r trowsus yn flêr.

Yr ias gynta mor oer nes teimlo fel llosgi.

Yna'r ofn afresymol wrth i'r llanw sugno'r tywod o dan fy nhraed.

Finnau'n teimlo fod y byd yn llithro.

Ffordd

Ar ddamwain, bron, y dechreuodd y peth. Nid trio mynd i rywle yr oedd o, ond trio dianc o rywle arall.

Pan aeth pethau o chwith, ac yntau'n clepian y drws y tu ôl iddo, yr ymateb difeddwl oedd mynd am y car a theimlo'r gwahanol ddarnau o offer yn gyfarwydd o dan ei ddwylo. Dyna'r peth naturiol i ddyn ar ddechrau'r unfed ganrif ar hugain. Llithrodd ei gorff i mewn i'r siâp cartrefol yn y sedd ac aeth ei fysedd i'w hystum greddfol wrth wasgu am y llyw.

Yn y car, roedd ganddo fo rywfaint o reolaeth unwaith eto. Fo oedd yn penderfynu lle i fynd, er mai ar fympwy, neu trwy rym arferiad, y trodd i'r chwith ar waelod y stryd a gyrru rhwng y rhesi unffurf o dai i gyfeiriad y draffordd. Roedd yr holl berchnogion wedi gwneud eu gorau i drio cael rhywbeth gwahanol – portico fan hyn a gatiau ffansi fan draw – ond doedd y mân amrywiadau'n gwneud dim ond pwysleisio'u tebygrwydd sylfaenol.

Wrth roi'r arwydd i droi ar y rowndabowt cynta, feddyliodd o ddim ar y pryd mai dyna fyddai'r tro ola iddo weld y clwstwr siopau llwydaidd a'r blwch ffonio diwerth, a'i ddrws wedi hen fynd a'r offer yn hongian oddi ar y wal bella yn segur a di-alwad. Prin y gwelodd o nhw o gwbl, a'i feddwl yn dal yn llawn o wyneb Glenda, yn gymysgedd o her ac ofn, wrth iddi gadarnhau'r hyn yr oedd o'n ei wybod ers wythnosau. Doedd o ddim yn crio; cymysgedd o ddicter a siom oedd yn cymylu'i lygaid.

Mynd oedd y bwriad. Heb anelu am unman penodol. Dim ond mynd. Cario 'mlaen i yrru nes bod y ffordd yn dod i ben. Ond, wrth gwrs, fyddai hi ddim. Nid ffyrdd i gyrraedd rhywle oedd y lonydd newydd, dim ond system ddiddiwedd i gadw pawb i symud. Ac felly y sylweddolodd yn sydyn ei fod o ar y ffordd gylch ar gyrion y dre a'i fod yn pasio'r un arwyddion am yr ail neu'r trydydd tro.

Mi wnaeth benderfyniad ymwybodol. Mi gymerodd y tro nesa oddi arni, dringo at rowndabowt arall a llithro i'r gilffordd am y draffordd ei hun. Roedd o'n teimlo'n well o wneud. Roedd yna rywbeth cysurlon yn llif y ceir o'i gwmpas, rhyw fath o lonyddwch yn y gwibio. Mi fyddai'n aml yn meddwl am yr holl bobl ddiwyneb y tu mewn i'w cerbydau. Roedd hi'n anodd dychmygu fod ganddyn nhw fodolaeth arall y tu allan i'w ceir a bywydau llawn helyntion neu hapusrwydd yn dirwyn y tu ôl iddyn nhw i gyd wrth iddyn nhw yrru, fel edafedd neu fwg egsost.

Mi allai fod wedi mynd am oriau. Dim ond cryndod y nodwydd betrol uwchben yr E goch a wnaeth iddo fo dorri ar y llesmair a phenderfynu unwaith eto. Corn yn canu'n ffyrnig wrth iddo droi ar y funud ola oddi ar y draffordd i mewn i'r gwasanaethau a dilyn y tryblith arwyddion am yr orsaf betrol. Yn sydyn y newidiodd ei feddwl a throi'n siarpach fyth i'r maes parcio a gweld poeriad o law ar y ffenest flaen wrth iddo godi'r brêc a throi'r allwedd tuag ato.

Mi fuodd yn eistedd yno am ychydig, yn gwylio'r bobl

yn mynd a dod . . . trafaelwyr yn gwisgo'u siacedi'n ofalus tros grysau gwyn wrth gamu o'u ceir cwmni, ac ambell blentyn yn cael ei lusgo'n anfoddog wrth rwbio'r cwsg o'i lygaid. A'r cyfan yn digwydd heb sŵn ond murmur y traffig ar y draffordd y tu hwnt i'r llwyni coed, fel gwylio teledu a'r sain wedi'i ddiffodd.

Cyn hir, roedd y distawrwydd yn llethol ac, heb feddwl bron, mi gychwynnodd tuag at yr adeilad hir, isel y tu hwnt i'r ceir a theimlo'r gwres yn ei daro fel dwrn wrth i'r drysau agor yn ddigymell. Doedd o ddim eisio paned, ond mi gafodd un beth bynnag ac eistedd uwch ei phen heb ei chyffwrdd. Gogoniant caffi mewn canolfan wasanaethau ar draffordd oedd fod cynifer o bobl yno. Roedd y drysau otomatig yn agor a chau fel ceg pysgodyn a miloedd ar filoedd bob awr yn cael eu llyncu a'u poeri allan. Mi fedrwch fod yn unig mewn tyrfa fawr, mi fedrwch ddiflannu hefyd heb i neb eich gweld chi. Neb ond hi.

Dim ond yn raddol y daeth i sylweddoli fod rhywun yn syllu arno. O ben pella'r caffi, a hanner dwsin o fyrddau fel cerrig llamu rhyngddyn nhw. Doedd yna ddim mynegiant yn ei hwyneb, ond roedd hi bron yn rhythu arno fo, fel petai'n trio treiddio i mewn i'w feddwl. Ac wedyn, roedd hi wedi mynd.

Nid penderfynu peidio â mynd adre wnaeth o, dim ond peidio â phenderfynu mynd. Erbyn hynny, roedd o wedi cyrraedd gwasanaethau eraill ar draffordd arall ac yn gwylio paned arall yn oeri. Yn wahanol i'r rhai ger ei gartre, doedd y gwasanaethau mwya ddim yn cau o gwbl. Dyma'r tro cynta iddo sylweddoli hynny. Hyd yn oed am dri y bore, roedd y goleuadau yno yn llachar a phobl yn dal i fynd a dŵad, yn edrych bron yn union fel yr oedden nhw am hanner dydd. Dim ond ichi ddewis sedd oedd â'i chefn at y ffenestri gwydr anferth, doedd dim angen ichi wybod pa amser o'r dydd oedd hi. Yn ddiweddarach, mi fyddai'n dechrau sylwi ar y mân arwyddion, fel llwythau crwydrol yn sylwi ar symud yr haul . . . y pentyrrau papurau newydd yn cyrraedd y siop, y gyrwyr lorris yn crynhoi a'r swyddogion diogelwch yn newid shifft.

Mi gymerodd amser iddo fo arfer efo hynny. Yn ystod y nosweithiau cynta hynny, er ei fod mewn gwahanol wasanaethau bob tro, mi fyddai'n mynd i'r car i gysgu bob nos, gan groesi'r maes parcio, yn union fel petai'n dringo'r grisiau i fynd i'w wely. Mi fyddai'n codi wedyn, ben bore fel arfer, ac yn prynu un o'r pecynnau molchi yn y toiledau a rhoi slempan tros ei wyneb a siafio'n flêr, a'r rasel blastig yn plygu dan ei fysedd.

Roedd yna ddyddiau wedi mynd heibio cyn iddo sylweddoli nad oedd angen cadw'r rwtîn. Gweld un o'r gyrwyr lorri wnaeth o, yn ymolchi ganol dydd, a sylweddoli nad dilyn clociau yr oedd y rheiny, ond amserlen eu tacograff. Mi ddechreuodd yrru yn y nos, weithiau, a phendwmpian yn ystod y dydd. Roedd mwy o beryg ichi gael eich styrbio a'ch poeni wrth drio cysgu fin nos. Y cyfan oedd ei angen yn y dydd oedd ffeindio cornel gyfleus a bod yno am oriau a'r staff yn mynd heibio a diflastod yn llenwi'u llygaid. Cyn belled â'i fod o'n dal i edrych yn lân a gweddol drwsiadus, doedd neb i'w weld yn poeni.

Ar y draffordd ei hun, yr undonedd oedd yn braf. Y rhan fwya o'r amser, doedd dim angen symud gewyn; dim ond dal yn dynn yn y llyw a chadw'r droed dde yn gyson ar y sbardun. Roedd yr arwyddion wedyn yn gwneud pob penderfyniad trosto, chwith, de, ffordd hyn, ymlaen – doedd dim angen darllen geiriau hyd yn oed, dim ond dilyn iaith y symbolau.

Y gamp oedd cadw'n effro; sawl tro yn y dyddiau cynta, mi ddaeth yn agos at ddamwain, wrth fethu â sylweddoli'n ddigon buan fod y ceir o'i flaen yn arafu neu fod rhyw ben bach ar fin tynnu allan o'i flaen. Ond, cyn bo hir, mi setlodd i ffrâm o feddwl, fel gyrrwr lorri pellter hir, lle'r oedd ei ymennydd fel petai'n gallu cau popeth allan, ond symudiadau'r traffig ac arwyddion ffyrdd. Gweld pethau heb sylwi eu bod nhw yno.

Erbyn hynny, roedd tagfa'n bleser. Yr aros hir a'r cripian ara, fesul hyd car, a sylwi ar yr wynebau o'i gwmpas wrth i'r rhesi o boptu gyflymu neu arafu. Difynegiant oedden nhw, wedi dysgu'r amynedd maith sy'n dod o wybod nad oes dim byd fedrwch chi ei wneud i newid pethau. Mi fyddai'n trio dyfalu faint o bobl oedd yna yn sownd mewn tagfa y funud honno; efallai bod yna ragor, fel fo, yn byw ar y traffyrdd, yn gyrru'n ddiddiwedd hyd y rhwydwaith di-ben-draw.

Tua'r un pryd y daeth pres yn broblem. Wel, o leia, mi ddaeth yn broblem bosib. Er nad oedd yna ddim sicrwydd o gwbl y byddai Glenda'n trio chwilio amdano fo. Mae'n siŵr y byddai hi'n ddigon balch gweld ei gefn o, a chael y diawl arall draw i gymryd ei le. Ar y llaw arall, go brin y byddai hi'n falch o weld arian yn dal i fynd o'u cyfri nhw. Mi fyddai'r cwmni wedi bod yn holi amdano hefyd ac efallai eu bod nhw eisoes wedi rhoi'r gorau i dalu ei gyflog. Pe bai'r heddlu'n dod i mewn iddi, mater bach fyddai dilyn trywydd ei gerdyn debyd, o dwll yn y wal i dwll yn y wal, o wasanaethau i wasanaethau.

Tynnu llwyth o arian ar un tro oedd yr ateb cynta, fel bod y bylchau'n fwy rhwng pob defnydd. Roedd hi'n bosib mynd am bythefnos neu fwy ar y £300 yr oedd ei garden yn ei ganiatáu. Doedd dim ond eisio arian petrol a digon i brynu bwyd, fel arfer, rhyw frechdanau o siop neu frecwast-trwy'r-dydd mewn caffi. Gogoniant bwyd o'r fath oedd fod yr ychydig gegeidiau cynta'n llawn blas, ond wedyn roedd yn troi'n syrffed ac ynddo fo'i hun yn lleihau'r awydd i fwyta rhagor. O fewn ychydig, roedd un pryd yn ddigon, yn enwedig o fwyta crisps a phethau felly oedd yn rhoi'r argraff eu bod nhw'n eich llenwi.

Roedd hi'n sioc pan fethodd y garden â gweithio. Ond, o feddwl, roedd hynny'n bownd o ddigwydd. Mater syml i Glenda oedd trefnu'r peth, hyd yn oed heb fynd at yr heddlu. Dim ond dweud yn y banc fod y garden ar goll. Roedd yntau'n difaru rŵan na chadwodd o gyfri ar wahân. Mi driodd roi'r garden i mewn yn y peiriant deirgwaith, nes i hwnnw'i llyncu hi'n llwyr.

Doedd ganddo fo ddim syniad ymhle'r oedd o ar y pryd, ac yntau wedi hen roi'r gorau i edrych ar enwau llefydd. Chwilio am arwyddion y gwahanol wasanaethau fyddai o erbyn hynny, a dim ond enwau'r cwmnïau oedd ar y rheiny, neu enw lleol diystyr. Enw cae neu goedwig oedd yno flynyddoedd ynghynt, yn cyfleu rhyw freuddwyd wledig oedd wedi hen ddiflannu dan y concrid a'r tarmac du. Doedd dim pwynt edrych ar rifau ceir chwaith i drio cael cliw o'r llythrennau; roedd y dyddiau pan oedd rhifau'n dweud o ble'r oedd car yn dod wedi hen fynd. Cymdeithas hollol ddi-le oedd cymdeithas y draffordd, a'r amrywiaeth rhifau'n ormod i allu dechrau adnabod patrymau.

Ambell dro, mi fyddai'n clywed rhywun yn siarad Cymraeg, efo plentyn neu ar ffôn poced, ond dim ond teithwyr oedden nhwthau. Yr un penderfyniad amlwg wnaeth o oedd cadw'n glir o Gymru, rhag ofn cael ei nabod ac am nad oedd y traffyrdd o unrhyw iws, am fod pen draw iddyn nhw.

Panic oedd ei ymateb cynta pan ddiflannodd y garden. Gwasgu'r botymau'n wyllt a direswm. Wedyn ofn. Roedd yna ansicrwydd unwaith eto. A dyna pryd y gwelodd o hi eto.

Ddwywaith neu dair yn ystod y cyfnod cynt, roedd wedi hanner dychmygu ei gweld yn ymrithio yn y pellter ynghanol llif o bobl, fel deilen ar wyneb dŵr gwyllt, yn dod i'r wyneb am funud cyn cael ei llyncu'n ôl dan y llif. Y tro yma, doedd yna ddim amheuaeth mai hi oedd hi; roedd yr un olwg daer yn ei llygaid ac roedd hi'n edrych yn syth ato fo unwaith eto tros ymyl y silff yn y siop. Y tro yma, doedd dim modd peidio siarad.

Fo ddywedodd ei stori, heb sbario dim – y cwbwl lot, y llanast, y twyll a phopeth. Dim ond wedyn, pan oedd hi'n rhy hwyr, y sylweddolodd o na chafodd wybod dim o'i hanes hi, dim byd ond ei phresennol. Doedd ganddi ddim car; bodio o le i le yr oedd hi, bachu mewn gyrwyr lorri neu drafaelwyr unig a'u plagio i gael pàs. Mynd i ble bynnag yr oedden nhw'n mynd a chael ei gollwng yn y gwasanaethau agosa. Mi fyddai rhai'n prynu bwyd iddi hi, yn hanner meddwl efallai fod siawns am ryw sydyn, difeddwl mewn lle aros yn rhywle, ond mi fyddai hi'n dianc bob tro cyn i'r awydd droi'n fygythiad. Dim ond unwaith neu ddwy, meddai, y teimlodd hi unrhyw beryg; roedd hi'n dewis yn ofalus.

Hi ddysgodd iddo fo sut i fyw go iawn ar y drafffordd. Byw heb ddangos dim o'ch ôl. Mater hawdd oedd ffeindio'r drysau cefn lle'r oedd staff y caffis a'r siop yn gadael y bwyd oedd heb ei fwyta neu wedi pasio ei ddyddiad gwerthu a heb gael ei drosglwyddo ar y slei i'r farchnad ddu er mwyn ei ailbacio a'i ailstampio. Roedd llawer o'r bwyd mewn cyflwr perffaith a fyddai neb yn sylwi fod ychydig fariau siocled wedi mynd, neu focs bach o frechdanau.

Roedd arian yr un mor hawdd. Mi synnodd o wrth sylweddoli cymaint oedd i'w gael ar loriau. Ceiniogau a darnau arian wedi cwympo a rowlio'n rhy bell i neb drafferthu mynd ar eu holau, ambell bapur pumpunt neu ddeg wedi llithro o boced neu bwrs wrth i'r perchennog chwilio'n llawn ffrwst am allweddi neu garden gredyd. Heb sôn am y ffortiwn oedd i'w chael wrth wylio'r peiriannau pres. Sawl tro bob dydd, mi fyddai rhywun yn gwthio'r garden i mewn, yn pwnio'r botymau, yn cymryd y garden yn ôl a cherdded i ffwrdd yn ddifeddwl cyn i'r arian ymddangos. Fel petai'r dechnoleg yn creu syrthni.

Hi ddysgodd iddo fo sut i sefyllian wrth ymyl y peiriannau, gan esgus gwneud rhywbeth arall, a chadw cil llygad trwy'r amser ar yr hyn oedd yn digwydd yn y twll yn y wal. Pan fyddai rhywun yn anghofio mynd â'r arian, roedd angen symud yn gyflym, cyn i neb arall sylwi neu i'r collwyr sylweddoli. Bob tro, bron, mi fyddai'r rheiny'n dod yn ôl i chwilio, gan edrych hyd y llawr o gwmpas y peiriant a byseddu'r agen. Ond mynd fydden nhw wedyn, rhag tynnu sylw at eu twpdra.

Hi ddysgodd iddo fo hefyd sut i osgoi'r camerâu diogelwch. Yn ei ddiniweidrwydd, doedd o ddim wedi meddwl am y rheiny o'r blaen, er eu bod nhw ymhobman, wrth ddrysau, mewn corneli siopau a fesul milltir neu ddwy ar hyd y traffyrdd eu hunain. Mi fydden nhw wedi gweld ei gar gannoedd o weithiau erbyn hynny; petai rhywun yn dechrau chwilio, mi fedren nhw ddilyn ei drywydd yn ôl ac ymlaen, ar draws ac ar hyd. Trwy lwc, roedd yna gymaint ohonyn nhw, mi fyddai'n cymryd miloedd o bobl i wylio am filoedd o oriau i edrych arnyn nhw i gyd. Eu nifer oedd eu gwendid.

Dyna pam fod camera diogelwch yn enw da, meddai hithau. Dim ond iddyn nhw beidio â chael eu dal yn gwneud dim o'i le, roedd y camerâu'n cynnig sicrwydd perffaith. Oherwydd bod y camerâu yno, doedd staff y gwasanaethau ddim yn cadw llygad nac yn sylwi ar ddim. Yn y dyddiau hynny, doedd systemau ddim wedi eu datblygu ddigon i allu adnabod rhifau ceir yn otomatig a'u hidlo trwy gyfrifiaduron. Roedd hi'n bosib i bobl fel nhw lithro trwy'r bylchau a bod yn saff nad oedd gan neb yr amser na'r arian i chwilio amdanyn nhw.

Ar y dechrau, roedd hi'n anodd dygymod â chael rhywun arall yn y car. Hyd yn oed heb edrych arni, roedd gwybod ei bod yno yn y sedd flaen yn llenwi'r cerbyd, fel petai ei phresenoldeb yn ei bwtio yn ei fraich a rhoi penelin yn ei asennau. Ond buan y daeth yn gyfarwydd â'r peth. Roedd hi'n gwmni hawdd. Gan eu bod nhw mor debyg. Doedd hithau'n siarad fawr ddim. Dim ond rhybuddio weithiau fod car heddlu yn ymyl neu awgrymu weithiau fod eisio troi am draffordd arall. Er nad oedd hi, fwy nag yntau, yn gwybod lle'r oedden nhw nac yn sylwi ar enwau llefydd, roedd fel petai ganddi fap o'r rhwydwaith traffyrdd yn nwfn ei meddwl a hithau'n gallu symud hyd-ddo heb orfod ystyried dim.

Doedd hi ddim wedi holi rhagor am ei hanes. Roedd hi'n ymddangos yn fodlon ar ei esboniad. O dipyn i beth, roedd yntau wedi rhoi'r gorau i feddwl am Glenda; roedd honno fel car yr oeddech chi newydd ei basio, fel petai'n gyrru am yn ôl yn y drych ochr, nes diflannu ynghanol y ceir eraill. Am ychydig, roeddech chi'n dal i allu'i weld, wedyn yn cael dim ond cip bob hyn a hyn, ac wedyn yn ei golli'n llwyr.

Weithiau, mewn gwasanaethau, mi fyddai hi'n amneidio ar bobl, fel petai hi'n eu nabod, ac roedd hynny'n ei wneud yn nerfus. Mi ddechreuodd feddwl ei bod hi ar fin ei fradychu. Yn y diwedd, doedd dim dewis ond gofyn yn blwmp ac yn blaen. Chwerthin wnaeth hi a'i gyffwrdd am eiliad ar ei foch, eu cyffyrddiad cynta. Rhai eraill oedden nhw, meddai'n ddidaro, rhai eraill fel nhw oedd yn byw ar y rhwydwaith traffyrdd. Roedd yna fwy a mwy ohonyn nhw, meddai wedyn ymhen ychydig funudau, yn dianc heb orfod mynd i unman yn benodol. Roedd hi wedi sylwi ar fwy a mwy o'r un wynebau yn ymddangos o le i le a hithau, wedi'r holl amser, yn gallu synhwyro'n syth os oedden nhwthau ar grwydr. Mi fyddai yna fwy eto, meddai, cannoedd, efallai miloedd, yn creu eu cymuned ddiamser eu hunain.

Ychydig ddyddiau neu nosweithiau'n ddiweddarach y cyffyrddon nhw wedyn. Nos oedd hi, mae'n rhaid, achos roedd hi'n dywyll wrth iddyn nhw droi i mewn i'r gwasanaethau a gosod y car yn un o gorneli'r maes parcio, yn yr ychydig gysgod oedd yna ynghanol y môr o olau. Fel rheol, roedd hi'n amhosib dweud sut fath o noson oedd hi, ond y tro yma, roedd yna wynt anniddig wedi codi a, chyn iddyn nhw gael cyfle i adael y car, roedd hi wedi dechrau arllwys y glaw, cenlli ohono fo'n creu haen o ddŵr tros y ffenest flaen a tharo'n rhythm di-rythm ar fetel y to.

Mi gafodd syndod – sioc hyd yn oed – pan symudodd hi draw yn sydyn, rhoi ei phwysau arno a'i braich yn dynn am ei wddw. Ar ôl cymaint o amser heb gyffwrdd yn iawn yn neb, roedd o'n teimlo arswyd ar y dechrau, atgasedd bron, wrth iddi wasgu ei hun yn fychan i siâp ei gorff. Ond efallai mai'r peth mwya dychrynllyd oedd teimlo'i hangen hi wrth iddi wasgu, hyd at frifo.

Mi aethon nhw i gysgu felly, rhyw hanner cysgu i ddechrau ac wedyn cwsg dwfn, wrth i hyrddiau'r glaw arafu a dod i ben. Pan ddeffrodd yntau, roedd o'n amau ei bod hi'n dechrau gwawrio y tu hwnt i oleuadau'r maes parcio, ond roedd hi'n anodd dweud. Roedd hithau wedi symud erbyn hynny a dim ond atgof ei chorff yn ei gesail. Mi drodd i edrych arni a gweld ei bod wedi mynd o'r car hefyd. Mi roddodd ei law ar y sedd a'i theimlo hi'n oer dan ei ddwylo.

Doedd hi ddim yn y gwasanaethau chwaith, er iddo fo aros yn hir, rhag ofn, a hyd yn oed loetran y tu allan i doiledau'r merched rhag ofn ei bod hi'n sâl. Fentrai o ddim gofyn i neb, rhag ofn tynnu sylw.

Mae'n anodd dweud beth oedd wedi'i gynhyrfu. Y ffaith ei bod hi wedi mynd, neu eu bod nhw wedi dod mor agos am ychydig oriau. Ond roedd o'n gwybod o'r funud y taniodd yr injan a gwthio'r car yn betrus i mewn i ganol llif y draffordd fod rhywbeth wedi newid. Mi roedd o'n ymwybodol unwaith eto o'r ceir o'i gwmpas, eu sŵn a'u lliwiau.

Efallai mai dyna pam na wnaeth o sylwi ar gefn y rhesi ceir o'i flaen yn rhubanau coch a goleuadau rhybuddio'r lorri yn sydyn yn llenwi'r ffenest.

Dewr

Nid fy stori i ydi hon, fwy nag unrhyw stori arall. Benthyg ein straeon ein gilydd y byddwn ni, fel y gwnaethon ni erioed.

Chwedl ydi hi. Hen stori o'r dyddiau pan oedd pobl yn ddigon soffistigedig i gredu mewn straeon da. Ac mae hi'n dal i weithio.

Stori o'r Eidal ydi hi, ond mi wnaiff yn iawn i Gymru. Mae hi'n stori ryfeddol am gewri a chrochanau aur, a go brin fod pobl erstalwm yn ei chredu hi chwaith.

Ond doedd dim rhaid i'r hen bobl dynnu straeon yn ddarnau, fel hen gloc, i weld sut yr oedden nhw'n gweithio. Nid cloc ydi cloc sy'n dipiau, ond pentwr o sbrings ac olwynion. Felly y mae hi efo stori. Ac felly efo'r stori yma.

Mae'n stori am ddewrder. Mi fedrwch chi ddychmygu'r elfennau oherwydd eu bod nhw'n perthyn, un ffordd neu'r llall, i bob stori sy'n bod erioed. Mae yna fachgen cyffredin, crocheneidiau o aur a chastell dychrynllyd na ddaeth neb ohono fo'n fyw. Bob bore, mi fydd y mynachod (twtsh crefyddol) yn mynd yno i gasglu'r cyrff.

Un di-ofn ydi'r bachgen cyffredin. Tydi o'n dychryn dim wrth fynd i'r castell i gysgu'r nos. Tydi o'n dychryn dim wrth i ddarnau o gorff ddechrau disgyn i lawr y simdde. Nac yn dychryn chwaith wrth i'r darnau o gorff droi'n gawr.

Does dim angen i ni boeni am fanylion gweddill y stori ac am y tasgau yr oedd yn rhaid eu cyflawni i ennill y crocheneidiau o aur. Er hynny, byddai cyfarwyddiaid erstalwm wedi cael modd i fyw – yn ffigurol a llythrennol – wrth greu'r awyrgylch, wrth ddisgrifio'r bachgen a'r cawr yn cerdded hyd goridorau tywyll, llaith yr hen gastell, a'r gwynt yn chwythu'r cymylau fel mwg tros wyneb y lloer. Mi fyddai gan bob cyfarwydd ei bwt i'w ychwanegu.

Neu efallai mai hen wraig fyddai wrthi, yn adrodd y stori o flaen tanllwyth o dân, a'r plant bach yn gwylio'r fflamau'n creu uffern yn ei llygaid. Pwy a ŵyr sut yr oedd hi yn yr Eidal ymhell bell yn ôl.

Digon i ni ydi gwybod fod y bachgen dewr wedi cwblhau pob tasg a wynebu pob her yn llwyddiannus. Mae'n siŵr mai tair sialens oedd yna. Tair neu dri o bopeth sydd fel arfer. Tri phen i bregeth, tri phwynt mewn araith, tri chynnig i Gymro. Peth rhyfedd fod rhif yn gallu patrymu'r meddwl. Ond faint bynnag oedd yna, mi lwyddodd y bachgen dewr. A hynny sy'n torri'r felltith.

Yn y diwedd, os cofiwn ni'n iawn, mae yna un crochan aur i'r mynachod – rhag ofn; un arall i'r bachgen – wrth gwrs; ac un crochan aur tros ben i'r person tlawd cynta a ddaw i'w gyfarfod y bore hapus hwnnw.

Dyna brawf pendant fod straeon yn cynnig cysur a gobaith mewn byd digon llwm. Fel y Loteri, neu grefydd.

Nid dyna ddiwedd y stori chwaith, er fod y tro

annisgwyl yn y gynffon yn swnio fel ychwanegiad diweddarach. Fel pe bai rhywun, wrth adrodd y stori, am gynnig gwers i Eidalwyr ei gyfnod ei hun neu i ddynoliaeth ym mhob oes, gan gynnwys Cymru heddiw.

Yn naturiol, mi fu'r bachgen dewr fyw yn hapus, fel y basech chi efo crochan aur. Mi allwch chi ddychmygu ei fod o wedi gallu bachu gwraig go handi, efo crochan aur i'w gynnig.

Ac yna, un diwrnod, mi wnaeth y bachgen dewr rywbeth nad oedd o wedi ei wneud erioed o'r blaen. Mi edrychodd yn ôl a chael andros o sioc. Mi welodd ei gysgod, a marw.

Plant

'Un arall eto.'

'Fydd gyda ni ddim lle iddyn nhw cyn hir.'

'Fydd gynnon ni ddim meddyginiaeth, chwaith.'

'Na chalon.'

Roedd y ddau ohonon ni'n hanner-rhedeg wrth ochr y gwely-troli, un yn gwneud yn siŵr fod y masg ocsigen yn aros yn ei le, a'r llall y drip. Roedden ni'n gwybod bellach mai munudau oedd ynddi i'w cadw nhw'n fyw.

'Beth yffach sy'n digwydd yma?'

'Does gynnyn nhw ddim cliw . . . dim blydi syniad.'

'Ydi'r diawled yn treial ffindo?'

'Ydyn nhw eisio, go iawn?'

Roedd y plentyn yma'n union yr un peth â'r gweddill pan gyrhaeddon ni'r ysgol. Yn crafangu am anadl, a'r crachod yn lledu tros ei gorff, fel staen. Er ei fod o erbyn hynny yn anymwybodol, roedden ni'n gallu teimlo'r boen yn ei gorff wrth inni ei godi ar y stretsiar ac i mewn i'r ambiwlans fach. Y trydydd i ni y bore hwnnw, y degfed i bob un o'r criwiau.

Am y trydydd tro, felly, mi ddilynon ni'r un coridorau caled, llachar, heibio i'r adran lle'r oedden nhw'n trin dioddefwyr cyffuriau ac i lawr am yr adran blant. Erbyn hynny, roedd rhai o'r cleifion wedi deall fod rhywbeth anarferol ar droed ac yn sefyll yn nrysau'r wardiau yn ein gwylio.

Dim ond y peiriannau oedd yn dangos fod yr un bach yn dal yn fyw ac roedd y crachenni erbyn hynny wedi dechrau diferu nes bod y crawn melyn yn staenio'r gobennydd o dan ei ben.

'Mas o'r ffordd!'

'Symudwch!'

Roedd y daith yma'n arafach na'r rhai cynt; roedden ni'n synhwyro hynny . . . ac yn gwybod fod pob plentyn y bore hwnnw wedi bod yn waeth na'r un o'i flaen. Fel petai'r cyfan yn cael eu taro gan un salwch mawr a oedd yn symud ar yr un cyflymdra trwyddyn nhw i gyd. Ac, yn ôl y newyddion o ysbytai eraill, nid ni oedd yr unig rai.

Heibio i ddwy uned arall ac mi fydden ni yno. Fel arfer, dyma'r llefydd casa gen i, ond heddiw roedd y ddwy Uned Adfer yn gweddu i'r dim i'r uffern fach oedd yn cau amdanon ni. Yn y gynta yr oedden nhw'n ceisio dad-wneud camgymeriadau'r meddygon cosmetig ac roedd y lle fel amgueddfa o ddrychiolaethau. A nhwthau'n iach fel arall, mi fyddai'r cleifion yn crwydro'r lle a'u crwyn yn rhwygo, eu gweflau'n hongian a'u trwynau'n pydru.

Roedden nhw yno heddiw, wrth gwrs, a'r cynnwrf yn goleuo'u llygaid wrth i ni sgrialu heibio.

'So'n ni am ei g'neud hi.'

'Dal i fynd. Drïwn ni. Munud neu ddau eto.'

Yr ail oedd yr uned i drin cleifion pwysau. Nid pobl dew, ond y rhai anferthol sy'n gorfod cael gwelyau arbennig ac offer i'w codi a'u gostwng nhw a'u symud. Fedrwn i ddim diodde edrych ar y rheiny, hyd yn oed o chwilfrydedd.

Fydden ni, fel arfer, ddim yn mynd â'r cleifion yr holl ffordd i mewn. A dweud y gwir, ddylen ni ddim bod yn gwneud hynny. Ond roedd pawb arall yn llawer rhy brysur ac roedden ni ein dau wedi penderfynu ers tro fod rheolau yn bod i'w torri. Doedden ni ddim yn trafferthu efo'r adran ddamweiniau chwaith, rhag cael ein dal yn y ciwiau o bobl ag anwydau a mân anafiadau sy'n tagu'r lle. Mae'n bosib fod rhai yno ers blynyddoedd, ond fod neb wedi sylwi.

'O'r blydi diwedd.'

A gweld fod dau neu dri gwely-troli yno eisoes yn aros am le a'r panic yn amlwg yn wynebau'r nyrsys a'r doctoriaid. Erbyn hynny, roedd rhai rhieni, neu berthnasau neu ffrindiau, wedi dechrau ymgasglu yno a neb ag amser i siarad nac esbonio dim. Chymerodd neb ddim sylw ohonon ni chwaith ac roedd y *pagers* bach yn ein pocedi eisoes yn canu eto, a'r sŵn fel cacwn yn ein clustiau.

'Sdim diwedd ar hyn . . . '

A doedd gen innau ddim i'w ddweud. Dim ond edrych ar ein gilydd wnaethon ni a thynnu sylw un o'r nyrsys, cyn cychwyn allan eto. Fel hyn yr oedd hi mewn rhyfel, siŵr o fod, neu drychineb mawr.

Ar y ffordd, a bob hyn a hyn ar y ddwy daith cynt, roedden ni wedi gallu trafod ychydig ar bethau. Dim ond siarad, fel y bydd pawb ar adegau fel hyn, a'r geiriau'n ymbalfalu ar ein rhan. Yn enwedig wrth glywed yr adroddiadau o rannau eraill o'r wlad fod y diawledigrwydd yn digwydd ymhobman.

'Mae e fel llanw,' meddai hithau. 'Fel bod ar graig a

ti'n sylweddoli'n sydyn fod y tonnau wedi cau am bobman a ti'n methu dianc.'

Roedd hi'n dda am roi llun i'w theimladau ac mi ges innau gip ohonon ni i gyd yn sefyll ar y graig a'r dŵr yn codi'n ddidrugaredd amdanon ni. Ac, fel efo pob llanw, mi fydd wedi bod yn cripian yn nes ac yn nes heb ichi sylwi tan ei bod hi'n rhy hwyr.

'Ond pam? Pam rŵan?' meddwn innau.

Roedd afiechydon anadlu wedi bod yn rhemp ers tro, wrth gwrs, a ninnau wedi eu gweld nhw'n dechrau tua deng mlynedd ynghynt, ynghanol y 90au. Gwres canolog, peiriannau awyru a diffyg awyr iach oedd yn cael y bai i ddechrau, nes i bethau fynd o ddrwg i waeth. Roedd rhai ohonon ni'n amau ers tro fod y broblem yn fwy na hynny. Cemegion mewn bwyd, gormod o feddyginiaethau; roedd ganddon ni i gyd ein damcaniaethau. Roedd meddygon cwac wedi bod yn gwneud ffortiwn ers hydoedd yn manteisio ar ansicrwydd pawb.

Dim ond ers blwyddyn neu ddwy yr oedd y crachod wedi dechrau ymddangos, yn fân broblemau i ddechrau ac wedyn yn friwiau poenus agored oedd yn anodd iawn eu hatal. Nes byddai'r adrannau meddygaeth blastig yn cynyddu, roedd yna blant am fod hyd y lle â'u hwynebau a'u cyrff wedi eu haflunio, fel hunllefau o'r gorffennol pell.

'Mae e fel brandio plant bach tlawd i ddangos pwy 'yn nhw i bawb.'

Roedden ni wedi siarad am hynny sawl tro. Plant o'r ardaloedd tlota oedd yn diodde fwya. Er mor galon-galed oedd hynny, roedd o'n gysur i rai fel ni, o ran ein plant ein hunain.

'Fydd rhaid iddyn nhw gael clychau cyn bo hir i rybuddio eu bod nhw'n dod.'

Dyna pam ein bod mor hoff o weithio efo'n gilydd. Roedd y ddau ohonon ni'n cytuno ar faterion felly. Yn ddigon hen ffasiwn i gredu o hyd y dylai pawb gael yr un cyfle, yn casáu'r syniad fod rhieni cyfoethog yn gallu talu i'w plant gael triniaeth gosmetig tra oedd y gweddill yn gorfod aros. Ac, wrth gwrs, mwya yn y byd o fusnes oedd yna ar yr ochr breifat, lleia o ddoctoriaid oedd ar ôl i gynnig y gwasanaeth cyhoeddus. Roedd o'n amlwg i ni, ond doedd y rhan fwya o bobl bellach ddim hyd yn oed yn sôn am syniadau o'r fath.

'Cosb am ein ffordd ni o fyw yw e.'

Mwy hen ffasiwn fyth. Bron fel sôn am bechod. A, dw i'n amau dim, ar waetha ein hagweddau eangfrydig, ein bod wedi diolch yn dawel bach ein bod wedi magu ein plant ni heb y bwydydd parod, y defnyddiau synthetig, y cemegion a'r adeiladau afiach oedd yn felltith ar eu cenhedlaeth.

Roedd ein plant ni – ei dwy ferch hi a'n mab ninnau – wedi osgoi'r holl glefydau a ninnau'n dechrau teimlo'n well wrth eu gweld nhw yn eu harddegau ac yn symud i gyfeiriad coleg a gadael cartre.

Roedd hi'n mynd gam ymhellach na fi, yn credu fod yr holl offer trydanol a radio'n creu rhyw fath o ddrwg, a'r tonnau anweledig yn creu rhwyd amdanyn nhw. Roedd hi wedi gwahardd y rheiny hefyd. Rhyfedd, a ninnau'n dau'n defnyddio'r dechnoleg bob dydd er mwyn achub bywydau.

Bellach, roedden ni'n ôl yn yr ambiwlans a'r teiars yn gwichian wrth inni droi o'r ysbyty a gwthio i mewn i'r llif traffig di-ildio ar y ffordd osgoi. Er fod y goleuadau'n fflachio a'r seiren yn ddolefain annaearol o'n blaenau ni, roedd hi'n mynd yn fwy a mwy anodd i yrru o le i le. Dim ond un gyrrwr diamynedd oedd ei angen i greu rhwystr, ac roedd yna lawer mwy nag un o'r rheiny.

'Sym, y diawl gwirion . . . Iesu mawr!'

'Dere, dere, dere!'

'Da iawn boi . . . a chditha . . . dos!'

Felly'r oedden ni bob tro nes fod y peth bron â mynd yn jôc. A'r peth rhyfedd oedd eich bod chi'n gwybod, cyn i ddim ddigwydd, pa gar oedd am dynnu allan, pa un oedd am fod yn niwsans.

Ond y tro yma, roedd yna fwy o ddyheu fyth yn ein lleisiau ni. Heb drafod yn iawn, roedden ni'n synhwyro fod rhywbeth dychrynllyd yn mynd o'i le a bod yr holl ddamcaniaethu'n troi'n ffaith. Dim ond wythnos ynghynt y cafwyd yr achos cynta o'r anhwylderau croen a'r problemau ysgyfaint yn taro ar yr un pryd ac roedd hynny wedi bod fel troi swits. Unwaith yr oedd y cysylltiad wedi ei wneud rhwng y ddau beth, roedd y felltith wedi lledu'n wyllt.

Ar ôl deuddydd neu dri, roedd y stori wedi taro penawdau'r rhaglenni newyddion a'r stafelloedd trafod ar y We, ond roedden ni'n gwybod nad un arall o'r straeon dychryn oedd hon.

'Y ffycar twp!'

Doeddwn i erioed wedi'i chlywed hi'n rhegi o'r blaen. Ddim rhegi fel'na beth bynnag. Ac roedd lefel ei llais hi dôn neu ddwy'n uwch nag arfer, ag ymyl cras iddo fo, yn crafu'i ffordd i mewn i'ch pen chi.

Dyna pryd y sylweddolais i. Ro'n i wedi bod yn ddiweld, ynghanol yr holl ruthro. Roedden ni ar ein ffordd i ysgol ym mhen arall y dre a finnau heb feddwl yn iawn. Dim ond wrth glywed ei llais y sylweddolais i mai i'r ysgol honno yr oedd ei merched hi'n mynd.

Dd'wedais i ddim byd, rhag dangos fod yna le i ofni, dim ond trio gyrru ychydig yn gynt a gobeithio y byddai hi'n sylwi fy mod yn gwneud fy ngorau. Ond roedd y traffig yn gwlwm tynn ar y gylchfan ola ac mi fuodd rhaid i fi yrru tros yr ymyl glaswelltog i osgoi lorri dancer fawr. Hyd yn oed efo'n beltiau a syspension yr ambiwlans, mi gafodd ei thaflu yn fy erbyn.

'Mae pobl yn talu rŵan am beidio â chymryd sylw ynghynt,' meddwn i.

'Y plant sy'n talu,' meddai hithau. Yn ddistaw bach.

'Dim ond diolch ein bod ni wedi gwrando.' A gobeithio nad oedd y geiriau'n swnio'n ddideimlad o hunangyfiawn.

Roedd yr ysgol yn annaearol o dawel pan gyrhaeddon ni. Roedd hi'n amlwg fod y plant i gyd yn cael eu cadw yn eu stafelloedd. Mi fedrwn i weld rhai o'r wynebau'n edrych allan o'r ffenestri mawr.

Mi gawson ni ddiawl o drafferth i fynd i mewn. Roedd rhyw dwpsyn heb feddwl dirymu'r system ddiogelwch oedd i atal ymosodwyr. Hithau'n curo'r drws yn ffyrnig.

Roedd hi'n amlwg wedyn pam fod pethau mor ddidrefn. Roedd y cyntedd yn ferw ac athrawon a staff yn rhuthro o gwmpas y lle. Yn edrych yn bwrpasol ond, mewn gwirionedd, yn hollol ddiamcan.

Erbyn deall, roedd yna ddau blentyn yn sâl. Un wedi cwympo'n sydyn pan oedden ni ar y ffordd draw. Mi es i at y cynta a hithau at yr ail, yn stafell y prifathro.

Bachgen oedd gen i a'r anadl, neu'r diffyg anadl, yn sgrechian bron yn ei wddw. Dychryn oedd yn ei lygaid o, a thair crachen ddu bron â mynd yn un ar draws ei foch chwith, lle'r oedd olion y blew dechrau-shafio. Mi deimlais ei arddwrn a phrin y gallwn i glywed y curiad dan fy mys. Doedd hwn ddim am ei gwneud hi.

Roedd angen penderfyniad. Fyddai dim lle i ddau yn yr ambiwlans.

Mi fuodd rhaid imi wthio trwy bobl i gyrraedd stafell y prifathro. Fel arfer ar adeg fel hyn, doedd pobl ddim yn meddwl yn glir ac yn teimlo fod sefyllian o gwmpas yn rhyw fath o help.

Erbyn hynny roedd hithau yn ei phlyg uwchben y plentyn arall. Hogan. Hithau'n trio gwthio pen yr un fach yn ôl ychydig i agor y pibellau awyr. Roeddwn i'n gwybod, y funud y gwelais i osgo'i chorff, a'r tyndra yn ei sgwyddau. A phan drodd hi rownd, doedd dim angen gair. Nid hogan oedd hon ond merch.

Ond mi wyddwn hefyd, wrth wyneb ei mam, ei bod hi'n dal yn fyw.

Terfysg

Ychydig wythnosau wedyn y dechreuodd y galwadau.

Nid ei rif o oedd yn ymddangos ar y sgrin fach, ond ei lais o oedd yn dweud ei henw.

A dyna'r cyfan. Canu. Ateb. 'Lisa, Lisa.' A distawrwydd. Ond roedd y pedwar sill yn ddigon.

Weithiau, mi fyddai'r llais yn aneglur, fel petai ganddo atal dweud, ond gwendid y signal oedd hynny.

Os oedd yna signal.

Ar ôl dwywaith neu dair, a hithau'n gweiddi'n seithug i mewn i'r ffôn bach yn ei llaw, roedd hi wedi dechrau amau mai dychmygu yr oedd hi, mai ei galar oedd yn chwarae mig.

Ar ôl marwolaeth rhywun agos, mi fydd galarwyr yn aml yn meddwl eu bod nhw'n gweld eu hanwyliaid eto, neu yn clywed eu llais. Fel pobl sychedig mewn anialwch, a'u hangen yn troi'r tes yn ffynnon.

Gartre yr oedd hi y tro cynta y digwyddodd o. Yn y gegin, yn trio gwneud rhyw fwyd nad oedd ganddi'r awydd lleia i'w fwyta. Fferru wnaeth hi wrth glywed y llais y tro hwnnw a methu ag ymateb.

Ar ôl yr ychydig droeon cynta anesmwyth hynny, roedd hi'n dyheu am alwad arall, yn ei chael ei hun yn syllu ar y ffôn bach, yn gweddïo arno i ganu eto. Hithau'n siarad. Yn dweud ei enw. Yn gofyn 'lle'r wyt ti?' ac 'wyt ti'n iawn?' yn y gobaith y byddai'r pedwar sill wrth ailadrodd ei henw yn troi'n sgwrs. Ond, wrth gwrs, wnaeth hynny ddim digwydd.

Ymhen ychydig, mi ddechreuodd y galwadau pan oedd hi yn y gwaith a fedrai hi wneud dim ond codi'r ffôn at ei chlust a'i ddal yno, gan obeithio nad oedd neb yn sylwi. Yn lle gobeithio am alwad, mi drodd deisyfu'n arswyd. Yr helwraig yn cael ei hela. Efallai ganddi hi ei hun.

Diffodd y ffôn oedd yr ateb. Neu ei gyfnewid o am un arall. Ond fedrai hi ddim. A doedd arni ddim eisio gwneud chwaith. Fel diod neu gyffur, roedd arni eisio'r hyn yr oedd hi'n ei gasáu.

Ar adeg wahanol, mi fyddai wedi chwerthin wrth feddwl mai trwy'r ffôn poced yr oedd ei hymennydd yn chwarae ei driciau. Mi fyddai'r ddau ohonyn nhw wedi trafod y peth, wedi malu awyr a chreu damcaniaethau, fel y bydden nhw yn y dyddiau da.

Fyth ers Medi 11, 2001, roedd y ffôn bach wedi cymryd ei le yn un o symbolau cryfa marwolaeth. Roedd pawb yn dal i gofio am y peiriannau bach yn canu'n ddi-ateb yn llwch y ddau dŵr, fel sioncynnod gwair gwatwarus.

Ar ffôn bach yr oedd rhai o deithwyr yr awyrennau wedi sibrwd, neu sgrechian, 'Dw i'n dy garu di' . . . a'r galwadau hynny oedd wedi eu chwarae dro ar ôl tro ar fwletinau newyddion. Lleisiau oedd wedi mynd yn dal yn fyw ar beiriannau digidol a chyfrifiaduron mewn dwsinau o ganolfannau teledu ar hyd a lled y byd.

Defnyddio'r ffôn bach oedd ei hymateb cynta hithau pan ddigwyddodd y trychineb. Roedd hi wedi trio'i alw fo'n syth pan glywodd hi am y ffrwydrad. Fel petai hi'n synhwyro fod rhywbeth o'i le.

Roedd o yn Llundain y diwrnod hwnnw, yn digwydd bod, ar ei ffordd i gyfarfod yn San Steffan. Ffawd, anlwc . . . dim gwahaniaeth.

Mi welodd y lluniau ar y teledu cyn gwybod i sicrwydd ei fod yntau yno. Y goleuadau glas a melyn yn nhywyllwch y twnnel, y darnau o fetel fel breichiau a choesau wedi eu plethu yn ei gilydd a'r bobl yn ymbalfalu o'r chwalfa a'r llwch a'r gwaed yn eu troi'n ddrychiolaethau.

Y bore hwnnw, mi wrandawodd ar y ffôn yn canu yn y pellter ac yna'n peidio'n sydyn a'r trydar yn troi'n un sain undonog, fel peiriant calon. Heb wybod, roedd hi'n gwybod yn iawn. Doedd dim angen i'r plismyn ddod at y drws nac i'r gohebwyr ei phlagio.

Dau beth oedd yn anodd.

Yn gynta, sylweddoli nad oedd yna gorff ac na fyddai technoleg DNA hyd yn oed ddim yn ddigon, efallai, i brofi mai fo oedd yno, yn ddiferion tawdd yn y crochan drewllyd o bobl a gorsaf a thrên. Yr unig beth gawson nhw oedd y fodrwy. Rhyfedd oedd hynny hefyd.

Yn ail, gwybod ei fod yn anhapus. Eu bod nhw wedi methu â dal yn ei gilydd wrth iddo fo lithro ymhellach i dir pell ei iselder. Pwysau gwaith, ei hanffyddlondeb gwirion hithau ac ofn. Rhyw arswyd na fedrai ei ddisgrifio ond oedd i'w weld yn nwfn ei lygaid.

Roedd hi wedi ei wylio'n mynd y bore hwnnw a'r geiriau ola rhyngddyn nhw oedd gwneud yn siŵr fod y ffôn bach yn y cês ac yn gweithio. Geiriau peirianyddol, ystrydebol, digalon. Roedd o eisoes wedi llithro o'i gafael.

Euogrwydd, mae'n siŵr, oedd yn chwarae ar ei meddwl. Yn ei meddwl. Doedd hi ddim wedi teimlo dicter, dim ond gwacter. Yn wahanol i'r parêd perthnasau ar y rhaglenni newyddion. Heb hanner y teimlad oedd yng ngeiriau'r gwleidyddion a'r pyndits hyd yn oed. Fedrai hi ddim dweud yn onest ei bod hi wedi teimlo tristwch. Dim ond dim. Dim byd o gwbl.

Pan ddaeth y galwadau, roedd o fel petai ei hisymwybod wedi penderfynu galaru trosti. Y ffôn bach a'i alwadau oedd ei hystafell ddigyffwrdd hi, lle'r oedd popeth yn cael ei adael yr un peth, fel pe na bai dim wedi digwydd.

Yn wahanol i'r gweddill a gollodd wŷr a gwragedd a phlant a brodyr a chwiorydd a thadau a mamau y bore hwnnw, doedd ganddi hi ddim diddordeb yn achos y ffrwydrad. Pa wahaniaeth pa garfan neu ba achos?

Os oedd y terfysgwyr yn anfon eu tapiau sain a'u fideos i boenydio'r awdurdodau, roedd ganddi hithau ei ffôn bach, yn edliw. Osama personol yn ei bag, ar ei desg, wrth ei gwely.

Er hynny, wnaeth hi ddim synnu pan beidiodd y llais â dweud ei henw. Dim ond canu fyddai'r ffôn wedyn. Hithau'n ateb. A distawrwydd. Munud neu ddau ar y tro, cyn i'r alwad beidio. Mi fyddai seicolegydd, mae'n siŵr, wedi gweld arwyddocâd dwfn yn y newid. Ond wyddai hi ddim am hynny, dim ond gwybod ei fod o'n waeth ac yn fwy cyfareddol fyth.

Mi fyddai'n digwydd bob nos, tua'r un amser, a hithau fel arfer yn y fflat, rhwng pryd diysbryd a'r gwely. Yn ddigon i'w haflonyddu am noson arall a chwalu ei chwsg.

Mi ddechreuodd ddod yn ddefod, bron . . . yn ddefod yn ei phen.

Mi fyddai'n digwydd bob bore hefyd, tua hanner awr cyn iddi gychwyn am y gwaith. Heb feddwl am y peth, mi ddechreuodd drefnu ei bywyd o gwmpas y galwadau. Gwneud yn siŵr ei bod gartre, gorffen paratoi, cyn rhoi'r ffeiliau yn ei bag.

Dyna pam, y bore arall hwnnw, y cymerodd dipyn iddi sylweddoli mai cloch y drws oedd yn canu, nid y ffôn bach. Roedd y ddwy sain yn gwbl wahanol, wrth gwrs, ond, yn aml, mi fydd yn cymryd ychydig amser i'r meddwl grisialu'r synnwyr.

Wedi'r dyddiau cynta, heb gynhebrwng na dim i hoelio galar arno, doedd pobl ddim yn galw. Doedd gan chwithdod fel hwn ddim geiriau cyfarwydd i dynnu arnyn nhw a'u gosod fel cacenni neu flodau ar y bwrdd.

Edrych yn wyllt wnaeth hi ar y ddau blismon a'r rheiny'n trio bod yn ofalus a llawn cydymdeimlad, wedi cael cwrs yn rhywle. Eistedd i lawr, mynd yn raddol tros y cefndir, symud yn nes at y newyddion mawr. Hithau'n disgwyl clywed eu bod wedi darganfod rhyw ddarn ohono a allai roi caead ar yr arch yn ei hymennydd.

Roedd o wedi marw, wrth gwrs. Ond nid yng nghyflafan y trên. Roedden nhw'n berffaith sicr, ar ôl bod yn ymchwilio ers tro, ers sylweddoli fod rhywbeth o'i le. Dim ond rŵan yr oedden nhw'n sicr.

Roedd yna ryw sôn am ei weld ar luniau fideo – aneglur braidd – yn gadael yr orsaf yn fuan wedi'r ffrwydrad ac awgrym ei fod wedi defnyddio dogfennau un o'r bobl oedd wedi eu lladd. Roedd o'n digwydd yn eitha aml, mae'n debyg. Digwyddiad trawmatig yn rhoi'r cyfle i greu bywyd newydd.

Hithau'n dychmygu, wrth iddyn nhw siarad. Yn ei weld yn dod ato'i hun wedi'r ffrwydrad, yn ymbalfalu trwy'r gwres a'r drewdod. Ei wyneb yn ymrithio trwy'r mwg tew ac yna'n diflannu eto.

Efallai mai trio helpu rhywun yr oedd o, pan gyffyrddodd ei law mewn waled, neu boced galed a gweld ei gyfle . . . sylweddoli nad oedd neb yn cyfri yn y ffasiwn le, fod adnabod wedi hen ddod i ben.

Efallai nad oedd o wedi bwriadu twyllo i ddechrau ond fod gêm wedi troi'n ddifrifol ac, o ddechrau, roedd rhaid cario 'mlaen. Erbyn heddiw, dim ond dogfennau a chardiau sydd eu hangen i greu bywyd. Maen nhw'n bod i roi sicrwydd adnabod ond, mewn gwirionedd, yn gwneud ffugio'n haws.

Mi glywodd y plismyn eto. Ar y dechrau, roedden nhw wedi amau fod ganddo fo ran yn y ffrwydrad. Mi fuodd bron iddi hithau chwerthin.

'Sut?' Ei llais hi oedd yn gofyn y cwestiwn. Nhwthau'n sôn am yr arian, a dilyn llwybr y cerdyn banc. Yn dechnegol, roedd hynny'n ddwyn, ond nad oedd hynny chwaith ddim o bwys erbyn hyn. Roedden nhw wedi gadael iddo barhau efo'i ystryw, er mwyn gwneud yn siŵr o'i ddal.

Roedden nhw'n gwybod am y galwadau hefyd. Wedi bod yn gwrando arnyn nhw. Yn gwybod ei bod hi'n eu derbyn. A phan ddaethon nhw o hyd iddo fo yn y diwedd, roedd y neges ar y ffôn bach yn dweud y cyfan.

Roedd hwnnw ar ei gorff. Ffôn wedi'i gymryd oddi ar

gorff arall adeg y ffrwydrad a neges testun wedi'i sgrifennu'n ofalus ond heb erioed ei anfon.

Mi gafodd hithau'i ddarllen o, yn gymysgedd o awydd ac ofn. 'Wedi meddwl ers tro am ddiflannu . . . gweld y cyfle sydyn ynghanol anhrefn y bom.' Roedd ei greddf yn iawn unwaith eto.

'Eisio dechrau o'r dechrau. Bod yn berson newydd . . . ac wedyn sylweddoli nad oeddwn i'n bod os nad oedd rhywun yn gwybod.'

Dim ond un peth wnaeth hi ar ôl iddyn nhw fynd. Dim ond diffodd y ffôn bach a'i osod yn ofalus yn y bin sbwriel dan y sinc, yn barod i'w daflu fory.

Pensiwn

Cofnodion Pwyllgor Ariannol yr Enwad
Ionawr 28, 2005

Yn bresennol: Parch. Ddr. Abel Davies (Cad.) BA, BD, DD, DPhil, MSc; Artro Richards (Ysg.) RIBA; Jacob Williams (Trys.) MBA; Parch. Islwyn E. Lewis, BA, BD, YH, CBE; Parch. Iwan ap Dafydd BA; Myfanwy Powell-Roberts (Chwiorydd) LRCM; Parch. Victor Harris (Achosion Saesneg).

Ymddiheuriadau: Parch. John Price (Y Genhadaeth).

Gweddi: Agorwyd y cyfarfod gyda gweddi bwrpasol gan y Parch. Abel Davies. Gofynnodd am arweiniad.

Cofnodion: Derbyniwyd cofnodion y cyfarfod blaenorol, gydag un cywiriad. Wedi mynd allan am awyr iach yr oedd Victor Harris. Dylid dileu y gair 'mwgyn'.

Eitem 1: Hysbysodd y Cadeirydd bawb mai dim ond un mater oedd ar yr agenda ar gyfer y cyfarfod: Dyfodol y Gronfa Bensiwn Enwadol.

Pwysleisiodd y Cadeirydd fod hwn yn fater dwys iawn i'w drafod a hyderai y byddai pawb yn dynesu ato yn yr ysbryd priodol. Cafwyd cynnig ffurfiol i'r perwyl hwn gan Myfanwy Powell-Roberts. Eiliwyd: Artro Richards. Cymeradwywyd yn unfrydol.

Cyflwynodd yr Ysgrifennydd adroddiad gan Banel Ystadegau Bugeiliol yr Is-bwyllgor ar Ddyfodol

Cristnogaeth. Nodwyd fod y sefyllfa'n argyfyngus. Dim ond 25 o fugeiliaid gweithredol sydd (gan gynnwys y Parch. Dewi Foster. Anfonwyd cyfarchion y Pwyllgor ato gan ddymuno y byddai'n gallu gadael ei encil yn y clinig yn fuan iawn). Ar y llaw arall, roedd 99 o gyn-weinidogion yn tynnu ar y Gronfa. Yn ôl y Trysorydd, roedd y sefyllfa'n 'gwbl anghynaliadwy'.

– Waeth inni wynebu pethau ddim, os na fydd yna newid syfrdanol, gyfeillion, mi fydd y Gronfa'n mynd i'r wal o fewn blwyddyn neu ddwy.
– Ond all Cronfa Bensiwn ddim methu, does bosib, Jacob bach?
– Mwy na phosib, Islwyn. Mae o'n digwydd dan ein trwynau ni.
– Wel y jiw jiw. Maddeuwch yr iaith, ond dyna'r cyfan alla i ei weud.
– Torcalonnus, bois bach.
– Mae'r holl beth fel tywod yn llithro drwy ein dwylo ni.
– Gweld cragen yr ydw i. Fel petai creadur byw wedi bod ynddi hi rywdro, ond bellach wedi marw, a gwysno a sychu'n ddim. Dim ond cragen ddiwerth ar ôl.
– A daliwch hi lan at eich clust, a be glywch chi? Sŵn marwolaeth.
– Nid dyma'r amser i jocan, Victor.
– Nid 'jocan', Islwyn, ond deud calon y gwir. Waeth ichi gyfadde ddim. Rhoi'r gorau iddi ydi'r unig ateb. Deud, 'Sori, fedrwn ni ddim eich twyllo chi ddim rhagor'.
– Na, nid dyna'r unig ateb chwaith.

- Ymlaen â chi, Jacob Williams.
- Wel, Mr Cadeirydd, fel dyn busnes a chyfrifydd, yr hyn sy'n bwysig bob tro ydi edrych yn oeraidd ar natur y broblem.
- Ond nid busnes yw hwn, Jacob bach. Crefydd yw hwn.
- Tawel, Islwyn. Ymlaen â chi, Jacob Williams.
- Y broblem yn fan hyn ydi bod rhy ychydig o weinidogion gweithredol a gormod o rai hen a musgrell yn tynnu ar yr adnoddau. Dim digon yn talu i mewn, gormod yn tynnu allan. Cenhedlaeth heddiw yn talu am genhedlaeth ddoe.

Dydd Mawrth yn gynnar ym mis Chwefror, ond doedd y Parchedig a'r Prifardd Lemuel Rees ddim yn cytuno pa ddiwrnod oedd hi.

– 'Amser capel, Beti fach. Peryg y bydda i'n ddiweddar.'

Gafaelodd yn llawn ffrwst yng ngholer ei ddresin gown a cheisio ei sythu hi.

– 'Yes, time for chapel, Mr Rees.'

Roedd Beti ac yntau yn briod bellach ers trigain mlynedd a mwy ond doedd e ddim yn cofio'n union pryd y dechreuodd hi siarad Saesneg ag e. Na gwisgo'r iwnifform wen.

– 'Ble mae'r llyfr emynau, Beti fach?'

– 'You looking for your hymn book? Here we are.'

Chwarae teg, roedd hi'n eneth capel erio'd. Ers iddo'i gweld hi gynta yn canu 'Dod ar fy mhen' yn y cyfarfod hwnnw yn y capel bach yn Sir Benfro ac yntau'n bregethwr ifanc.

– 'Well i ni hastu. So'r blaenoriaid yn hoffi gweld cennad sy'n ffili cadw amser, twel.'

– 'This way, Mr Rees.'

Sawl blwyddyn yn ddiweddarach y gwelodd hi wedyn, yn yr un capel bach, a hithau erbyn hynny wrth yr organ. Yn ei chartre hi y cafodd e 'i ginio'r Sul hwnnw a rhoi ei draed yn gadarn dan y ford.

Arweiniodd Beti ef yn ofalus trwy ganol y bobl y tu fa's i'r capel. Roedden nhw i gyd yn eistedd yn eu seddi, yn edrych yn lled farwaidd, ym marn Lemuel Rees. I mewn i'r cyntedd oer â nhw, trwy'r drws ar y chwith.

– 'Let me help you take these off now, dear.'

Peth rhyfedd. Doedd dim angen tynnu amdanoch wrth bregethu erstalwm. Un o'r syniadau newydd yma oedd hwn, siŵr o fod.

– 'I'll just make sure the water's right for you, Mr Rees. Go ahead and start your sermon. They're all waiting, see.'

– 'Rwy'n cymryd fy nhestun heddi'r bore o stori gyfarwydd Noa.'

Roedd hi'n mynd yn dda; ar ôl cynifer o flynydde, r'ych chi'n dod i wybod hynny. Ac roedd hwn yn gwrdd gwlithog tros ben.

Wedi derbyn cynnig y Chwaer Myfanwy Powell-Roberts ei bod yn amser cael paned (eiliwyd: Artro Richards), cafwyd toriad ffurfiol am 10.15 a.m. cyn ailgynnull chwarter awr yn ddiweddarach.

Diolchwyd yn wresog i'r chwaer Myfanwy Powell-Roberts am 'gwpanaid ardderchog' (eiliwyd: Artro Richards) ac aethpwyd ymlaen i drafod cynnig gan y Parch. Islwyn Lewis: 'Parthed y diffyg yn y Gronfa Bensiwn, argymhellwn adfer y cydbwysedd rhwng taliadau a chyfraniadau er sicrhau porfa welltog i bawb.' Derbyniwyd heb drafodaeth.

Gofynnodd y Parch. Iwan ap Dafydd am wybodaeth parthed cynlluniau recriwtio'r Enwad. Atgoffodd y

Cadeirydd ef nad corfflu milwrol mo'r eglwys, ond roedd neges daer wedi ei chyflwyno yng Nghyd-Gymanfa Flynyddol yr Enwad yn ewyllysio gweld rhagor o ffrindiau ifanc yn cael eu troi at y ffydd.

Yn dilyn hynny, cafwyd trafodaeth fuddiol a llawn ar ffyrdd o ddenu pobl ifanc yn ôl i'n capeli ac, yn arbennig, i bulpudau'r enwad. Gwnaed nifer o awgrymiadau gwerthfawr, gan gynnwys caniatáu defnydd o gitarau mewn gwasanaethau ac annog gweinidogion i fod yn fwy cyfoes yn eu hidiom.

Diolchodd y Cadeirydd i Victor Harris am atgoffa pawb fod digonedd o ymgeiswyr am y weinidogaeth ar yr ochr Saesneg, ac i'r Trysorydd am ei adroddiad ar gyflwr y Gronfa ei hun.

Pwysleisiodd Jacob Williams ddifrifoldeb y sefyllfa, yn enwedig o gofio am gyflwr marchnadoedd ariannol y byd a'r effaith annhymig ar fuddsoddiadau gwerthfawr. Awgrymodd Victor Harris y dylai pob capel yn ystod y mis canlynol ofyn bendith ar farchnadoedd y byd. Ni chafwyd eilydd.

Adroddodd Artro Richards fod un ymgeisydd am y weinidogaeth yn mynd trwy'r coleg ar hyn o bryd ond, er ei fod yn frawd galluog a dymunol iawn, roedd peryg na fyddai'n derbyn gwahoddiad i fugeilio ar ddiwedd ei gwrs. Roedd ei gyfnod cenhadol yn Ne-ddwyrain Bangladesh wedi bod yn fendithiol iawn iddo ac roedd ei fryd bellach ar agor bwyty Indiaidd yn Aberystwyth.

– Deudwch y gwir, bois bach, fasach chi'n cymryd y job?

– Nid 'job' ydi hi ond galwedigaeth.

– Ond mae'n rhaid i alwedigaeth roi bara ar eich bwrdd chi hefyd.

– Dowch 'laen. Tasach chi'n ôl yn y dechra heddiw, fasach chi'n mynd yn weinidog – Abel, Islwyn, Iwan? Nid problem pobl ifanc ydi hi, bois bach. Ein problem ni ydi hi. Os ydi'r genhedlaeth yma mor ddiawledig, os maddeuwch chi'r Susnag, y rhai fagodd nhw sydd ar fai.

– Os ca i awgrymu, Mr Cadeirydd . . .

– Ymlaen â chi, Jacob Williams.

– Rŵan, mewn busnes, yr unig bwrpas o edrych yn ôl ydi i osgoi camgymeriadau ddoe a sicrhau nad ydech chi'n dal i dalu amdanyn nhw heddiw. A ga i awgrymu ein bod ni, gyfeillion, yn edrych trwy ben anghywir y telisgop – y sbienddrych – fel petai? Nid mater o incwm ydy hwn, ond costau. Mae yna ben draw ar incwm ond, ar hyn o bryd, mae'n ymddangos nad oes yna ben draw ar gostau. Mi fyddai unrhyw arbenigwr busnes yn dweud wrthoch chi mai torri costau ydy'r ateb cynta. Costau, costau, costau.

– Ond ryden ni wedi gwneud popeth allwn ni eisoes.

– R'yn ni eisoes wedi gwahardd bisgedi o gyfarfodydd pwyllgor yr Enwad i gyd.

– Ac ryden ni'n ddiolchgar iawn i chi a'r chwiorydd, Myfanwy, am yr aberth honno.

– Ryden ni wedi cau pob adeilad allwn ni.

– Does yna ddim byd arall ar ôl yn nacoes, Mr Trysorydd?

– Mae yna ddau ddewis hyd y gwela i. Y cynta, wrth gwrs, fyddai torri'n ôl yn sylweddol ar gyflogau gweinidogion presennol.

– Efallai, Mr Cadeirydd, y dylen ni glywed y llall.

Hen ŵr crwm oedd yn y drych. Ei wallt gwyn yn edafedd gwlyb ar ei ben a'r diferion yn treiglo'n araf i lawr hyd rychau llac ei groen a thros ei goesau dryw bach i'r mat. Ond doedd Lemuel Rees ddim yn cytuno.

Ymsythodd eto yn ei siwt orau. Roedd pawb yn dweud ei fod yn dishgwl yn dda mewn siwt. Nid pawb oedd yn gallu cario siwt; roedd e'n un o'r rhai lwcus.

Rhaid ei fod wedi gadael ei het yn Ystafell y Blaenoriaid ond, sdim ots, fe fydd hi'n bosib ei chael hi'n ôl adeg Oedfa'r Hwyr.

– 'Cino nawr, Beti, ac os cofia i'n iawn, mae hwn yn lle ardderchog . . .'

– 'Ready for dinner, are we, Mr Rees?'

– 'Digonedd o fwyd bob tro. Dyna beth yw cino dydd Sul . . . pum llysieuyn a dau fath o stwffin . . . rwy wastad yn dweud hynny, ac mae'r jôc yn gwitho bob tro.'

Lot o bobl rownd y bwrdd yma heddi. Sawl un ohonyn nhw'n wynebau cyfarwydd hefyd. Ac mae'r gino'n dda, fel arfer. Nid ffowlyn chwaith, ond sdim ots.

– 'Radio next, dear. Your favourite programme.'

Dechreuodd sesiwn y prynhawn gyda gweddi o ddiolch am 'ginio gwerth chweil' a diolchwyd yn arbennig i'r chwaer Myfanwy Powell-Roberts am y trefniant blodau ar y bwrdd bwyd. Ailgydiwyd yn y materion dwys dan sylw.

Awgrymodd y Cadeirydd y byddai gwybod am wir sefyllfa'r Enwad yn fater o loes mawr i'r cyn-weinidogion eu hunain. O gofio am eu gwasanaeth hir a theilwng, eu dymuniad olaf hwy fyddai gweld yr aelodau a'r gweinidogion presennol yn aberthu cymaint er mwyn eu cynnal. Roedd am i'r Pwyllgor ystyried beth fyddai orau gan y cyn-weinidogion hynny. Aberthu ychydig eu hunain, neu weld eu Henwad yn marw?

Cynigiodd y Parch. Islwyn E. Lewis y dylid sefydlu Is-bwyllgor brys ond, ar anogaeth yr Ysgrifennydd, penderfynwyd gadael y mater ar y bwrdd.

– Mae'n loes calon gweld llawer ohonyn nhw, cofiwch.
– At bwy y mae'r Parchedig Islwyn Lewis yn cyfeirio?
– Wel at ein cyfeillion oedrannus, neno'r tad. Mae llawer iawn yn hen ac yn fusgrell tu hwnt.
– Un troed yn y bedd a'r llall ar groen banana.
– Na, Victor, does dim eisio gwamalu. Tristwch mawr ydi gweld dynion a fu unwaith ymhlith hoelion wyth ein Henwad ni bellach yn lledfyw ac yn methu â gwneud dim byd trostyn nhw eu hunain.
– Fel yna'n union yr oedd Mam. Roedd o'n fy rhwygo fi i'w gweld hi, yr hen greadures, heddwch i'w llwch hi.
– Dw i'n siŵr ein bod ni i gyd am fynegi ein cydymdeimlad dwysaf â'r chwaer Myfanwy Powell-Roberts yn ei phrofedigaeth.
– Ahem, os ca i awgrymu eto, Mr Cadeirydd . . .
– Ymlaen â chi, Jacob Williams.
– Tydw i ddim yn sicr fod pawb ar y Pwyllgor yn llwyr ymwybodol o ddifrifoldeb y sefyllfa . . . Os na fyddwn ni'n gweithredu'n gyflym, mi fydd y Gronfa'n methu. O ganlyniad i hynny, mi fyddai'n rhaid i'r Enwad ei hun fethdalu. Mi fyddai'r Enwad yn dod i ben.
– Brensiach!
– Jiw jiw!
– Yn fwy na hynny, os parhawn ni i weithredu gan wybod fod hynny'n debygol o ddigwydd, mi fyddwn

ni ein hunain, yn bersonol, yn gyfrifol am y
dyledion . . . miliynau o bunnoedd efallai.

– Ni?

– Aelodau'r pwyllgor yma?

– Pob un ohonon ni. Efallai eich bod chi'n deall bellach
pam fod angen gweithredu ar frys.

– Mi wnaethoch chi sôn yn gynharach, Mr Trysorydd,
fod gyda chi gynnig i'w roi gerbron . . . ?

– Oes, mae gen i gynnig . . . ond efallai na fydd yn gwbl
dderbyniol i bawb.

– Ymlaen â chi, Jacob Williams.

Amser cinio dydd Mawrth. Amser darlledu'r rhaglen radio
Talwrn y Beirdd. *Rhai o brydyddion gorau Cymru yn*
ymgiprys â'i gilydd, gan ddilyn traddodiad sy'n deillio'n ôl i
ddyddiau'r Arglwydd Rhys, neu o leia i gyfnod Sam Jones yn
y BBC ym Mangor.

Ond roedd Lemuel Rees yn ôl gydag Ymryson y Beirdd
yn y Babell Lên erstalwm pan oedd W.D. ac O.M. a Bois y
Cilie yn eu pomp.

Dyna pam y cafodd rhywfaint o syndod gweld gweinidog
ifanc yn sefyll wrth ei ymyl.

– *'Wydden i ddim eich bod chi'n un o bobl y Pethe, ond da*
iawn chi, 'machgen i. Ma ddi'n argoeli'n sesiwn dda.'

– *'Abel Davies, Mr Rees, wedi dod yma i'ch gweld chi, gyda*
dymuniadau'r Enwad.'

– *'Ond ma'r Ymryson ar fin dechre.'*

– *'Efallai eich bod chi'n fy nghofio fi. Bregethes i yn eich*
cyfarfod ymadael ddeng mlynedd ar hugain yn ôl.'

– *'Rhaid iddyn nhw siarad yn uwch. Sa' i'n clywed dim.'*

– *'Arhoswch chi funud, Mr Rees. Ro'n i'n deall eich bod chi'n ffan mawr o'r* Talwrn. *Dyna pam y des i, wel, y des i draw rŵan, a dweud y gwir . . . i wneud yn siŵr fod popeth yn gweithio'n iawn.'*

– *'Ma' Beti wedi ca'l sêt dda i fi, on'dyw hi? Ma' ddi'n ishte fan hyn bob blwyddyn i gadw sêt i fi whare teg . . . a finne mor fishi rownd y Maes.'*

– *'Mae'r set radio, y weiarles, fan hyn i chi, Mr Rees. Dim ond gwasgu'r botwm fan hyn.'*

– *'Sa' i'n clywed dim. A ma' Beti wedi mynd.'*

– *'Os pwyswch chi'r botwm yma, Mr Rees, mi glywch chi'r cyfan. Ym . . . rhyw . . . y, syniad newydd gan y Pwyllgor Llên eleni.'*

– *'Beth wetsoch chi?'*

– *'Jyst pwyso fan hyn, Mr Rees. Ond, cyn hynny, gwell i fi fynd. Rhag imi darfu ar eich mwynhad chi o'r rhaglen. Hwrê rŵan, Mr Rees . . . '*

Beth oedd yr ateb, felly? oedd cwestiwn y Cadeirydd, gyda'i uniongyrchedd nodweddiadol. Cyfeiriodd at freuddwyd Moses a'r saith buwch dew a'r saith buwch denau.

Efallai mai'r winwydden ddiffrwyth oedd y ddameg orau, meddai'r Trysorydd. Awgrymodd y Parch. Iwan ap Dafydd nad oedd gan yr Enwad unrhyw ddewis ond gadael i Natur a Rhagluniaeth gymryd eu cwrs.

– Roedd fy mam yn un dda iawn yn y gegin, wyddoch chi, ac mi fyddwn i'n aml yn ei gwylio hi wrth y gwaith pan oeddwn i'n ddim o beth. Un o'r atgofion cliria sydd gen i ydi gweld basgedaid o fefus ac un neu ddwy o'r rheiny wedi troi'n ddrwg. O fewn dim, roedd y llwydni wedi lledu tros y cyfan. Mi alla i weld

Mam rŵan yn gorfod eu taflu nhw ar y domen yng ngwaelod yr ardd a minnau'n beichio wylo.

- Dyna'r union bwynt, Myfanwy. Weithiau, ym myd busnes, mae'n rhaid ichi gymryd penderfyniadau anodd. Does dim pwynt taflu arian da i ddilyn arian drwg. Weithiau, mae'n rhaid cael gwared ar un adran, neu lein sy'n methu, er mwyn arbed y gweddill a rhoi'r cyfle i'r rheiny ffynnu.

- Fel taflu llwyth oddi ar gwch sydd mewn peryg o suddo.

- Fel taflu Jonah oddi ar y llong, erstalwm.

- Mi ofalodd y Bod Mawr amdano.

- O feddwl yn ddwys, Mr Cadeirydd, ac edrych ar yr argyfwng o bob cyfeiriad posib, efallai mai'r hyn sydd ei angen bellach ydy ychydig o gymorth ar Natur a Rhagluniaeth.

- Ymlaen â chi, Jacob Williams.

- Fel y gwyddoch chi, tydw i ddim lawn mor hyddysg yn y Beibl â rhai ohonoch chi, ond mi fues i'n hoff iawn erioed o'r stori am y meistr tir yn mynd i ffwrdd ac yn gadael peth o'i ffortiwn yng ngofal y gweision. Os cofiwch chi, siom fawr i'r meistr oedd yr un a wastraffodd y pres. Yn fy marn i, tydi'r Bod Mawr ddim eisio inni wastraffu Ei adnoddau Ef.

- A alla i ofyn i'r Trysorydd egluro sut yn union y mae cymhwyso'r ddameg honno at ein sefyllfa ni heddiw?

- Mi fyddai'r Bod Mawr am inni ddefnyddio Ei Adnoddau i fuddsoddi at y dyfodol, nid i gladdu'r arian yn nhir diffrwyth ddoe. Mae defnyddio ein harian prin i dalu pensiynau yn union fel y gwnaeth y gwas drwg, fel rhoi'r pres yn y ddaear.

– Yr ateb, felly, ydi fod gormod o gyn-weinidogion.
– Dyna'r broblem, ie. Mae'r ateb yn fater gwahanol.

Roedd hi tua deng munud wedi deuddeg. Ac roedd hi'n amser Talwrn y Beirdd.

Estynnodd ei law esgyrnog o blygion trwchus llawes ei ddresin gown, ac ymbalfalu ar hyd y bocs yr oedd y gweinidog ifanc wedi ei ddangos iddo. Isfoel fyddai gynta mae'n siŵr, yn ateb llinell cywydd.

Wedi torri am de am 3.15 p.m. ailgynulliwyd cyfarfod y Pwyllgor am 4.00 p.m. Diolchwyd unwaith eto i Myfanwy Powell-Roberts am ddarparu te ac i'r Parch. Islwyn Lewis am ei aberth fawr yn talu o'i boced ei hun am y bisgedi Digestive. Gydag ymroddiad unigolion, mae'n bosib goresgyn anawsterau.

Mynegodd y Cadeirydd ei werthfawrogiad i holl aelodau'r Pwyllgor am y drafodaeth anffurfiol werthfawr a gafwyd yn ystod y toriad te. Gofynnodd am gynnig ffurfiol parthed symud ymlaen at y dyfodol. Cafwyd y cynnig canlynol:

'Yn wyneb argyfwng ariannol yr Enwad a'r diffyg gweinidogion ifanc a allai gyfrannu i gynnal y Gronfa Bensiwn, ac o ystyried cyflwr iechyd nifer o'r cyn-weinidogion sydd, bellach, mewn gwth o oedran ac yn methu â chael y budd llawn o'u harhosiad yn y fuchedd fydol hon, mae'r Pwyllgor yn cytuno i greu Cynllun Gweithredol.'

– Fel Cadeirydd, dydw i ddim yn credu fod angen inni, gyfeillion, drafod y manylion mewn cyfarfod agored fel hyn. Mi allwn ni drefnu rhyw sesiwn bach anffurfiol i wneud hynny. Ydw i'n iawn, Mr Ysgrifennydd?

- Yn llygad eich lle, Mr Cadeirydd. Mae'n glir o'r rheolau sefydlog fod modd dirprwyo gwaith o'r fath.
- Efallai, er tegwch i bawb, gan fod hwn yn benderfyniad unfrydol, na ddylen ni ddim cofnodi enw'r cynigydd a'r eilydd yn yr achos yma?
- Y peth pwysig, gyfeillion, yw symud ymlaen ar fyrder er mwyn lles yr Enwad.
- Dw i'n dal i gredu y dylen ni gael y gair 'ysywaeth' i mewn yn y cynnig yn rhywle.
- Hollti blew, Islwyn bach, gweithredu sydd eisio bellach. Ymlaen â chi, Jacob Williams . . .

Y Cennad Da, Misolyn yr Enwad, Mawrth 2005.
Marw bugail a bardd

Mae ardal Llanwynllaes mewn galar yr wythnos hon wedi marwolaeth annhymig y Parchedig a'r Prifardd Lemuel Rees, 95 oed, yn ystod mis Chwefror.

Roedd Mr Rees wedi gwasanaethu ym Mhenuel am 58 o flynyddoedd ac wedi gweinyddu ei wasanaeth cymun olaf bum mlynedd yn ôl. Bu'n fardd llwyddiannus ac yn aelod brwd o dîm Ymryson y Beirdd y sir yn yr Eisteddfod Genedlaethol trwy gydol yr 1960au.

Deallwn gan staff y cartref henoed ei fod wedi cael sioc drydanol wrth geisio defnyddio'r radio i wrando ar ei hoff raglen, Talwrn y Beirdd.

Talwyd teyrnged wresog iddo gan ei hen gyfaill, y Parch. Abel Davies, Cadeirydd y Pwyllgor Pensiynau.

Corn

Chwarae teg, doedd dim rhyfedd nad oedd neb yn ei gredu. Wedi'r cwbwl, doedd o ddim wedi credu'r peth ei hun, pan ddigwyddodd o am y tro cynta. A doedd yntau, fwy na nhw, ddim yn arfer credu mewn hud a lledrith a straeon tylwyth teg.

O ran hynny, doedd o ddim wedi disgwyl fod ganddo fo'r gwynt, a'r hen fegin wedi bod fel simdda fudr ers blynyddoedd, yn gwrthod tynnu ac yn tagu bob yn ail. Roedd hynny ynddo'i hun yn wyrth, heb sôn am be ddaeth wedyn.

Yn y cwt ar waelod yr ardd y daeth o hyd i'r corn, wrth chwilio a chwalu ynghanol rhyw hen drugareddau. Wyddai o ddim fod y cornet yno; a dweud y gwir, doedd o'n cofio dim fod y cornet yn dal ganddo fo ac yntau heb fynd â fo'n ôl ers y tro diwetha iddyn nhw drio ailddechrau'r band.

Ddylai o ddim bod wedi'i daflu fo o'r neilltu i'r cwt, chwaith. Roedd wedi'i wneud o arian da ac yn siŵr o fod yn werth ceiniog neu ddwy erbyn hyn. Ond, dyna fo, ar y pryd roedd o'n teimlo'n ddiflas ofnadwy – yn flin a dweud y gwir – a'r band wedi methu eto o ddiffyg diddordeb. Y chwarel wedi cau a dim digon o ddynion ifanc ar ôl yn y pentra i wneud y peth yn werth chweil.

Toedd y corn fawr gwaeth, chwaith, o ystyried. Dim ond awgrym o dolc neu ddau a'r arian wedi duo tipyn. Er hynny, fentrodd o ddim chwythu ar y dechrau, dim ond teimlo'r botymau dan ei fysedd a'u cael nhw i symud eto, yn ara a chlonciog ac wedyn yn gynt ac yn llyfnach.

Roedd o'n dal i deimlo ychydig o gywilydd am gyfnod taflu'r corn, achos yr adeg honno y gwnaeth o rywbeth yr oedd o'n ei gasáu mewn pobl eraill. Mi aeth i swnio'n chwerw, lladd ar bobl ifanc. Mynd i swnio fel pob hen chwarelwr – a phob hen bopeth arall, mae'n siŵr – a chega ar y to newydd. Siom oedd yn gyfrifol am hynny, wrth gwrs, ond mi ddylai o wybod yn well.

Yn y diwedd, mi drefnodd y chwythiad cynta, bron fel trefnu dêt efo hogan. Penderfynu rhyngddo a fo'i hun y byddai o'n dechrau chwarae brynhawn dydd Iau, yn union ar ôl mymryn o ginio. A dyna ddigwyddodd. Yn y parlwr bach.

Roedd y sŵn cynta fel rhechan o dwll tin ar dro, yn fain a gwichlyd. Chwerthin wnaeth yntau. Be arall oedd i'w ddisgwyl ac yntau wedi edrych ymlaen, fel hogyn bach ar y noson cyn Nadolig?

Dim ond ar nodyn go iawn y dechreuodd pethau ddigwydd ac y stopiodd yntau chwerthin. Doedd o ddim yn siŵr yn y lle cynta ai ei ddychymyg ei hun oedd yn chwarae triciau. Ond ar ôl un chwythiad ar ôl y llall, doedd yna ddim amheuaeth.

Goleuo wnaeth pethau i ddechrau, a'r dodrefn yn y parlwr bach yn sgleinio eto fel yr oeddan nhw pan oedd Mari'n fyw. Ac, wedyn, mi ddaeth yna fwnshiad o flodau i'r hen bot ar y sil ffenest ac mi ganodd y cloc ar y silff ben tân am y tro cynta ers blynyddoedd.

Meddwl ei fod o'n rwdlan yr oedd o i ddechrau, fod henaint yn dechrau dweud ar ei feddwl. Toedd y peth yn union fel chwedl neu un o'r hen straeon llên gwerin oedd yn llenwi tudalennau'r papur bro? Heblaw nad oeddan nhw fel arfer yn cynnwys cornet hud. Toedd tylwyth teg ddim yn chwythu cornets.

Dyna pam y rhoddodd y gorau iddi'n o handi y pnawn cynta hwnnw a rhoi'r cornet o'r golwg i lawr heibio ochr y setî. Ond fedrai o ddim cadw draw chwaith, a'r bore wedyn mi aeth yn ôl i'r parlwr bach ac ailafael ynddi wedyn.

Mi ddigwyddodd yr un peth, wrth gwrs, a phan edrychodd o allan trwy'r llenni netin ar y ffenest, roedd y stryd yn llawn bywyd unwaith eto, a llond lle o bobl yn mynd a dod, yn wragedd ar neges ac yn blant ar feics hen ffasiwn. Roedd o'n gwybod fod y peth yn wir, pan welodd o Jones y Gweinidog yn torri cwys i lawr y ffordd tua'r capel a'r bobl yn agor o'i flaen.

'Myrraeth wnaeth iddo fo ddechrau chwythu wedyn tua chwech o'r gloch y prynhawn ac, ar y dechrau, roedd o'n meddwl ei fod wedi methu. Do, mi oleuodd pethau ac mi brysurodd y stryd, ond nid am hynny yr oedd o'n chwilio. Er mor wirion oedd y peth, mi ddechreuodd deimlo'n siomedig ac roedd o ar fin rhoi'r gorau iddi, pan glywodd y sŵn, fel murmur isel i ddechrau, ac wedyn yn tyfu'n raddol nes llenwi'r lle. Toedd o ddim wedi clywed y sŵn hwnnw ers mwy na deugain mlynedd; sgidiau hoelion mawr yn gawodydd ar hyd y metlin.

Huw darfodd ar y darlun cyn iddo fo gael cyfle i fynd i'r ffenest i edrych. Huw, y mab . . . diawl, naci, be sy'n bod arna i . . . Huw, hogyn y mab . . . yn galw heibio i weld sut yr oedd o. Mi oedd o'n gwneud hynny reit aml chwarae teg, ac yn eistedd i lawr i sgwrsio.

Mi fuodd Huw'n curo a churo y tro hwnnw, yn meddwl fod rhywbeth o'i le, ond toedd yna ddim, wrth gwrs. Dim ond fod rhaid aros ychydig ar ôl gorffen chwythu i bethau ddod yn ôl i'w lle. Roedd o wedi deall erbyn hynny mai felly yr oedd hi, fod eisio munud neu ddau i bethau setlo yn ôl i'r drefn arferol. Ond hogyn da oedd Huw.

Wnaeth o ddim ailddechrau chwythu'r tro hwnnw, ar ôl i Huw fynd. Toedd dim eisio gor-wneud pethau er cymaint oedd y demtasiwn. Toedd arno fo ddim awydd dechrau byw yn y gorffennol, fel cymaint o'i gyfoedion. A, beth bynnag, bob tro yr oedd o'n dechrau chwythu, roedd arno fo ofn y byddai'r wyrth yn gwrthod digwydd, y byddai'r hud wedi treulio.

Camgymeriad, wrth gwrs, oedd dweud wrth neb am y peth. Ond roedd o'n meddwl y byddai John Fred wedi coelio, a nhwthau'n ffrindiau ers . . . arglwydd mawr, ers mwy na phedwar ugain o flynyddoedd. Ond chwerthin wnaeth John Fred ac, er ei fod o wedi addo cadw'r peth yn dawel, rhywsut mi ledodd y stori.

Camgymeriad hefyd oedd mynd â'r cornet allan i'r stryd. Ond eisio dangos i bobl yr oedd o. Dim ond chwythu unwaith, i ddangos iddyn nhw sut yr oedd pethau'n digwydd ac, o ran hynny, i roi blas i rai ohonyn nhw o fywyd y pentra erstalwm, pan oedd yr ardal yn ei bri. A nhwthau'n dal i chwerthin a gwrthod coelio, mi oedd rhaid dal ati i chwythu, toedd?

Er ei fod o 'i hun wedi amau, ac ofni ychydig, mi oedd y cornet yn dal i weithio y tu allan. Nid dim ond rhyw dric meddwl oedd o, yn nhywyllwch y parlwr bach. Chwarae teg, wedi meddwl, ddylai o ddim beio pobl am styfnigo a methu â derbyn tystiolaeth eu llygaid. Wedi'r cyfan, mi oedd o'n beth od ac mi oeddan nhw'n siŵr o ddod i goelio yn y diwedd.

Dydd Sul oedd orau gynno fo. Er na fuodd o fawr o ddyn capal erioed ac yn fwy o gomiwnydd slei bach, roedd hi'n werth chweil gweld y stryd yn gynnar gyda'r nos ar ddydd Sul. Y drysau'n agor un ar ôl y llall, a theuluoedd yn ymuno â'i gilydd i gerdded i lawr at Bethania. Pawb yn eu dillad gorau ac yn edrych yn reit od allan o'u dillad gwaith a'u sgidiau mawr. Peth cymdeithasol oedd o, siŵr dduw, yn dipyn o ddigwyddiad i dorri ar batrwm yr wythnos. A'r pethau ifanc yn ei hel hi i lawr at yr afon wedyn, ond nid i drafod y bregath.

Huw oedd yr unig un i beidio â chwerthin, am ei fod yntau'n ddyn chwythu, reit siŵr, ac yn gallu dallt yn iawn sut yr oedd hi. Nid dyn cornet chwaith, na hyd yn oed ddyn Band Arian. Sacsoffon sydd ganddo fo, sacsoffon tenor, yn anghenfil gloyw o beth sy'n dod yn fyw dan ei ddwylo. Weithiau mi fydd yna flodau yn sbrowtian o'r cwpan aur yn ei flaen, weithiau adar sy'n codi'n uchel fel ehedydd ar y Foel ac weithiau nadroedd sy'n gwibio o gwmpas eich traed.

Mi ddechreuodd ddod â'r sacsoffon draw, i gadw cwmpeini, ac mi fyddai'r ddau'n chwythu am y gorau. Dyn a ŵyr sut sŵn oedd o chwaith achos tydi cornet a sacsoffon ddim wedi eu tiwnio i'r un nodyn. Ond mwynhau, welsoch chi rioed rotsiwn beth.

Y *New World* gen Dvořák oedd orau ganddo fo. Mi

fyddai o'n meddwl ei bod hi'n swnio'n well efo band. Dim ond piti fod y rhan enwoca ohoni hi wedi ei chymryd i dynnu sylw at fara ac i roi darlun o ryw hen fyd sentimental, na fuodd erioed go iawn. Y byd newydd oedd gin Dvořák, siŵr iawn.

Trwy lwc, mi oedd y wyrth yn digwydd i Huw hefyd, gan wneud iddo feddwl efallai nad y cornet oedd o wedi'r cyfan, ond rhywbeth efo'r rhai sy'n chwythu. Mae sacsoffon hud a lledrith yn swnio'n beth rhyfedd iawn, yn rhyfeddach hyd yn oed na chornet. Ac, wedi dweud fod y wyrth yn digwydd, mae'n rhaid pwysleisio nad oedd hi'n digwydd yr un peth yn union ag yr oedd hi iddo fo.

Lle'r oedd o'n sôn am Sousa a Purcell, mi oedd Huw'n parablu am Coltrane a Rollins a Shorter. Lle'r oedd o'n gweld pethau'n troi yn ôl fel yr oeddan nhw erstalwm, gweld pethau'n newid heddiw yr oedd Huw. Gweld y lle yn llawn bywyd a digon o waith a thai a phobol ifanc a phlant a dim tai ha a dim dieithriaid yn mygu'r lle. Ac yntau ddim yn siŵr yn iawn pa ddarlun oedd anodda i'w goelio.

Roedd y ddau'n gweld merchaid hefyd, diolch byth. Mi oedd rhaid iddo fo esgus, wrth gwrs, mai Mari, nain Huw, oedd bob un ond mi oedd gan hwnnw res ohonyn nhw, medda fo, yn gwisgo llai ac yn gwneud llawer mwy nag yr oedd merchaid erstalwm. Mi oeddan nhw'n chwerthin lot am hynny.

Mi oedd o'n falch iawn o weld Huw yn galw ac, am ychydig, mi beidiodd â mynd allan i'r stryd. Gan fod Huw yn coelio ac yn dallt, doedd dim angen cyboli efo neb arall. Dim ond chwythu'n fodlon ill dau, yng nghwt band y parlwr bach. Mi anghofiodd pawb wedyn, fwy neu lai, dim ond fod y cymdogion weithiau'n cwyno am y sŵn, ac mi gafodd yr hen greadur lonydd.

Mynd i ffwrdd am benwythnos i gêm rygbi neu rywbeth wnaeth Huw, a dyna pryd yr aeth hi'n rhemp. Roedd o'n gwybod ei hun, ym mêr ei esgyrn, ei fod o'n gwneud camgymeriad i fynd allan i'r stryd unwaith eto. Ond, rhywsut, fedrai o ddim peidio. Toedd o ddim yn siŵr pa mor hir y buodd o'n chwythu, chwaith, ond mi aeth ati o ddifri i ddangos fod yr hud a lledrith yn dal i weithio.

Fedrai o ddim beio'r hogia ifanc am wneud hwyl am ei ben, a dweud y gwir. Toedd dim disgwyl iddyn nhw ddallt, efo cyn lleied o brofiad bywyd. Ond mi aethon nhw'n rhy bell y diwrnod wedyn. Toedd hi'n hawdd ei dwyllo fo i fynd i'r drws, tra oedd un arall yn sleifio trwy'r cefn i fachu'r cornet.

Roedden nhw wedi disgwyl iddo fo wneud ffŷs, ond wnaeth o ddim. Mi gafodd yr hogia ychydig o siom, yn aros y tu allan i'r tŷ yn disgwyl iddo fo ddod allan yn brygowthan a rhincian dannedd. Creulon, ond dyna fo, dim ond pryfocio yr oeddan nhw, a doedd neb yn siŵr iawn beth i'w wneud pan fethodd o ag ymddangos. Wrth reswm, roedd gan yr hogia ormod o gywilydd i fynd yn ôl ar y pryd.

Roedd o'n gwybod yn o handi be oedd wedi digwydd. Toedd o ddim mor wirion â hynny, dim ond ei fod, am ryw reswm, yn methu â gwneud dim am y peth, dim ond gorwedd yn fan'no ar y setî a rhyw drymder mawr trwy ei gorff. Fel petai colli'r cornet wedi mynd â'i nerth i gyd. Fel Samson yn colli'i wallt.

Roedd o'n gwybod yn iawn fod yna olwg reit ryfadd arno fo pan gyrhaeddodd Huw, yn galw heibio i weld sut yr oedd o. Er fod pawb bellach wedi dechrau ei drin fel petai o'n dw-lal, nid dyna pam yr oedd o'n cadw'n dawel heb siarad. Methu â gwneud yr oedd o, am fod yr hud a'r lledrith wedi mynd. Toedd ganddo fo fawr o awydd chwaith, ddim hyd yn oed efo Huw.

Mi gafodd hwnnw afael ar y cornet, wrth reswm. Ac mi roddodd o wrth erchwyn y gwely. Rhag ofn.

Tagfa

Gwylio'r camerâu yr oedden nhw i ddechrau, neu, o leia, gwylio tair rhes o sgriniau ar hyd y wal, pob un yn dangos un darn o rwydwaith ffyrdd y ddinas.

Am ychydig, doedd yna ddim byd anarferol iawn, dim ond y rhesi ara o geir yn symud drwyn wrth drwyn – yr un darlun ar bob sgrîn. Dim ond y manylion oedd yn wahanol ... pont tros draffordd fan hyn, goleuadau traffig fan draw ... a'r ddinas yn bihafio fel clamp o anifail ufudd, yn dilyn ei phatrwm dyddiol.

Roedd Victor, fel arfer, yn tynnu coes Marina am y noson gynt. 'Fodca neu ddau neu ddwsin oedd hi, siŵr o fod ... oedd un o ddynion Squires Nitespot yn ddigon o foi?'

Cochi wnaeth hithau, fel arfer, wrth deipio'r wybodaeth i mewn i'r cyfrifiadur ar gyfer y bwletinau traffig a'r gwasanaethau brys.

Dim ond o gornel fy llygad y gwnes innau sylwi fod pethau ychydig yn waeth nag arfer. Fesul sgrîn roedd y traffig yn dod i stop; yn y gornel dde ucha i ddechrau ac wedyn i lawr ac ar draws nes fod y tagfeydd yn llenwi'r wal.

Edrych ar ein gilydd wnaethon ninnau, ac aros am ychydig i weld ymhle y byddai'r traffig yn dechrau llacio unwaith eto.

'Fedra i ddim gweld be ddiawl sy'n achosi hyn,'

meddai Morgan, y Cymro sy'n bennaeth ar yr uned, a dod allan o'i swyddfa i gerdded yn bwyllog o un pen i'r llall. 'Welais i rioed beth fel'ma o'r blaen.'

Ond doedd o ddim i'w weld yn poeni gormod, gan wybod, erbyn hynny, y byddai'r heddlu wedi gweld negeseuon Marina ac y bydden nhw ar eu ffordd i gael pethau i symud eto.

'Y cafalri!' meddai Victor yn uchel, a ninnau'n gweld y goleuadau'n fflachio ar dair neu bedair o'r sgriniau wrth i'r constabiwlari lleol fentro allan yn eu ceir. A phawb yn rhoi rhyw gytgan bach sydyn o gerddoriaeth Z Cars. Pawb ond Marina, wrth gwrs; doedd hi ddim yn ddigon hen i gofio.

Mi ddylen ni fod wedi rhagweld y peth, wrth gwrs. Ymhen chwinciad, roedd ceir yr heddlu ar stop hefyd; y goleuadau'n fflachio'n ddisymud ar y sgriniau. Roedd yna rywbeth reit annaearol yn yr olygfa, a dweud y gwir, bron fel petai'r holl system wedi torri a'r lluniau wedi dod i stop.

'Cer i fewn arnyn nhw, Victor,' meddai Morgan. Mi fedrwn ni symud ychydig ar y camerâu a newid eu ffocws. Mi gripiodd un neu ddau o'r lluniau'n nes aton ni. Yn un, mi fedren ni weld car heddlu'n trio gwthio'i ffordd heibio ar lain galed y draffordd; ond roedd yna rai o'r gyrwyr cyffredin wedi trio gwneud hynny eisoes, gan ychwanegu at yr anhrefn.

Mewn llefydd eraill, ar gylchfannau, doedd neb na dim yn gallu symud wrth i'r rhesi ceir ymuno'n blith draphlith. Yr un oedd y stori ar y goleuadau. Roedd ceir wedi cychwyn a methu â mynd ymhellach cyn i'r goleuadau droi unwaith eto. Roedd y rheiny'n dal i newid yn fetronomaidd, fel arfer, ond heb unrhyw effaith.

Erbyn hynny, roedd hanner dwsin o weithwyr o swyddfeydd eraill wedi dod i mewn. Dyn a ŵyr sut yr oedd y stori wedi lledu mor gyflym. Roedd dau neu dri o'r ffôns yn canu hefyd.

'Ia, ond fedrwn ni ddim. Fedrwn ninnau ddim gweld be sy'n bod.' Roedd Morgan yn dechrau swnio'n ddiamynedd eisoes. 'Oes . . . oes . . . mae 'na ddamwain ar y ffordd gylch, ond dydi hynny ddim yn ddigon i egluro'r peth . . . wrth gwrs y gwnawn ni, os bydd yna rywbeth i'w ddweud.'

Rhyw hanner chwerthin yr o'n i yn dawel bach. Roedd hi'n braf cael chydig o gynnwrf i dorri ar waith digon llafurus. Fel arfer, doedd gan neb ddiddordeb yng ngwaith yr uned wylio traffig.

Marina oedd y prif atyniad gan amla, iddyn nhw, a finnau hefyd. Mi fyddai penaethiaid yr Awdurdod Trafnidiaeth yn cael sioc petaen nhw'n gwybod faint o oriau bob wythnos oedd yn mynd ar wylio Marina trwy gil fy llygad. Y symudiadau bach yna sy'n ddiddorol, y rhai y bydd pobl yn eu gwneud yn ddiarwybod. Rhwbio llaw ar groen, symud dilledyn, ymestyn cyhyrau, yn ddrama fechan, fach, o funud i funud ac o awr i awr. Ac, yn achos Marina, yn rhywiol iawn hefyd, mewn ffordd na fedra i ddim o'i esbonio.

Erbyn hynny, roedd hi'n edrych yn nerfus, fel petai'r cyfan yn fai arni hi. Roedd hi'n edrych o un sgrîn i'r llall ac wedyn yn ôl tros ei hysgwydd, fel petai hi'n disgwyl achubiaeth o rywle. Dim ond ers blwyddyn neu ddwy yr oedd hi yno a heb erioed weld creisis go iawn.

'Be os byddan nhw'n methu'i glirio fo?' meddai hi ac edrych at Victor ac wedyn ata i. Chwerthin wnaeth Victor, wrth gwrs. 'Fyddi di'n methu â mynd allan heno . . . ac mi fydd rhyw greadur yn rhywle yn colli noson i'w chofio.'

Wnes innau ddim cymryd y syniad o ddifri chwaith am ychydig oriau ond, erbyn hanner dydd, roedd hi'n amlwg fod hon yn broblem nad oedd neb ohonon ni wedi ei hwynebu o'r blaen. Roedd dwsinau o heddlu wedi eu hanfon allan i'r strydoedd erbyn hynny ac un neu ddau hyd yn oed wedi cerdded. Roedd yr hofrennydd allan hefyd a'r un neges yn dod yn ôl, dim traffig yn symud yn unman. Hyd yn oed yn y stadau tai ar y cyrion, roedd y ceir ar stop a'r dagfa wedi ymestyn, fel gwenwyn yn lledu'n raddol hyd wythiennau a rhydwelïau'r ddinas.

Tua amser cinio oedd hi pan ddechreuodd pobl droi'n wirioneddol flin am y tro cynta. Roedd pawb wedi hen arfer efo oedi ac wedi dysgu sut i dynnu trwyddi, fel teuluoedd amser rhyfel, yn eistedd ym myncars eu ceir ac yn aros i'r gwaetha fynd heibio. Ond, ar ôl mwy na dwyawr, roedd amynedd yn treulio'n ddim a dynion busnes yn gweld eu cyfarfodydd a'u ciniawau'n diflannu.

Ar un o'r sgriniau – y lluniau o gyffordd Heol y Parc a'r Boulevard oedden nhw, dw i'n credu – roedden ni'n gallu gweld dau neu dri o ddynion yn dadlau efo'r heddlu. Ac ym mhob man, roedd pobl wedi dechrau dod allan o'u ceir i weld beth oedd yn digwydd.

'Chydig bach o hwyl o'r diwedd,' meddai Victor a chlosio'r camera at yr helynt. Roedd hi'n rhy bell o hyd i weld wynebau, ond mi fedrwch chi ddeall llawer o osgo corff a phatrwm pobl ochr yn ochr â'i gilydd. Roedd dicter y dynion yn hollol amlwg a'r heddlu hefyd wedi dechrau ymddwyn yn fygythiol yn ôl.

Mi drodd Morgan, neu rywun, y radio ymlaen ac mi ffrwydrodd llais cyfarwydd Steve Stead trwy'r stafell. Rhwng jingls, mi ddaeth yn amlwg fod y stori wedi cyrraedd City FM Two ac roedden nhw'n gwahodd galwadau gan fodurwyr anhapus. 'Ffôn oddi ar y lôn cofiwch. Dim ffonio os ydach chi'n symud,' meddai Steve, gan ailadrodd y mantra mecanyddol.

'Toes 'na ddiawl o neb yn symud, nacoes,' meddai Victor, a'r mymryn lleia o bryder yn ei lais am y tro cynta. 'A tydi o ddim yn gofyn y cwestiwn pwysica – sut fyddan nhw'n mynd i'r toilet?'

Roedd y galwadau'n llifo. Un gyrrwr efo'i nain, honno yn ei nawdegau ac ar y ffordd i'r ysbyty. Mam yn rhywle arall, wrth ymyl yr Eglwys Gadeiriol, o bosib, yn trio dod i mewn i gasglu ei phlentyn o'r ysgol er mwyn cychwyn ar wyliau. Trefniadau bob dydd yn cael eu chwalu a phobl yn dechrau gwylltio, heb wybod yn iawn â phwy.

O dipyn i beth, roedd y lleisiau'n codi hefyd. Ar y dechrau, roedd pawb yn defnyddio'r cymalau defodol sy'n cael eu defnyddio ar raglenni o'r fath – 'mae'n gywilydd' . . . 'mae eisio i rywun wneud rywbeth' – ond, wrth i'r prynhawn gyrraedd, roedd pryder mwy didwyll yn y galwadau a phobl yn ymbalfalu am eiriau.

'Dw i ddim wedi cael cinio eto,' meddai Marina, wrthi ei hun yn gymaint â neb, a chafodd hi ddim ateb. Nid fod yna ddim y gallai neb ohonon ni ei wneud, dim ond symud lens un camera ar ôl y llall a gweld fod pethau yn union yr un fath ymhobman.

Am dri o'r gloch y prynhawn y cafodd y gyrwyr cynta eu harestio. Roedd diffyg amynedd y criw ar gyffordd Heol y Parc wedi troi'n drais wrth i un ohonyn nhw roi hergwd i'r arolygydd heddlu oedd yno'n trio tawelu pethau. Mi gafodd dau o'r dynion eu bwndelu'n ddiseremoni i mewn i'r fan heddlu oedd, fel pob cerbyd arall, yn hollol stond.

Cael hwyl yr oedd y plant mewn bws, a nhwthau mae'n debyg ar ryw drip ysgol gynradd neu'i gilydd. Roedden nhw allan ar y ffordd a rhai yn amlwg yn chwarae tic rhwng y cerbydau, tra oedd eu hathrawon, neu bwy bynnag oedd yr oedolion, yn trio cadw trefn. Buan y bydden nhw'n diflasu.

Dal i ganu yr oedd y ffôns yn y swyddfa ac, yn amlwg, yn stiwdios yr orsaf radio. Fi ddigwyddodd ateb yr alwad o Whitehall. 'Be ffwc sy'n digwydd 'co?' meddai Morris, Cymro arall, sy'n ddirprwy ysgrifennydd personol i'r gweinidog trafnidiaeth. ''Ych chi'n gwybod fod hyn yn sbredo trw'r ffycin wlad tra 'ych chi fan'na â'ch byse' lan 'ych tine?'

Tan hynny, mae'n rhaid i fi gyfadde mai rhyw chwilfrydedd busneslyd oedd fy nheimlad cryfa am yr holl helynt. Mae yna rywbeth ynon ni sy'n mwynhau storm neu lifogydd neu ddigwyddiad o'r fath. Am eu bod nhw'n torri ar undonedd bywyd, mae'n debyg, neu'n dod ag elfen o risg i mewn i'n bywydau digymeriad.

Y gwir ydi y dylen ni i gyd fod wedi rhagweld oblygiadau'r dagfa, gan fod y ddinas yn ganolbwynt i ardal o tua deng miliwn o boblogaeth ac yn rhan allweddol o'r rhwydwaith traffyrdd. Doedd dim angen llawer i'r dagfa ledu ac ymuno â'r mân dagfeydd sy'n rhan o fywyd bob dydd pob dinas a thref ymhobman.

A dyna pryd y dechreuon ni sylweddoli fod peryg na fydden ninnau chwaith yn gallu mynd adre'r noson honno. Er ein bod mewn uned ar y stad ddiwydiannol dair milltir o ganol y ddinas, roedd y traffig wedi hen gloi o'n hamgylch ninnau hefyd.

'Mi fydd y trên yn iaw— ' meddai Marina a stopio ar hanner gair, wrth sylweddoli na fyddai hi'n gallu cyrraedd yr orsaf yn y lle cynta. Fel estyn am y swits golau hyd yn oed pan fyddwn ni'n gwybod fod y trydan wedi'i ddiffodd. Beth bynnag, mewn ceir y bydd gyrwyr trên yn cyrraedd eu gwaith nhwthau ac, o fewn ychydig oriau, wrth i un shifft fethu â dilyn y llall mewn ffatrïoedd a gwasanaethau ar hyd y lle, mi fyddai popeth yn aros yn stond.

Erbyn hynny roedd rhywun wedi troi'r radio i Five Live a'r rhaglenni newyddion wedi'u rhoi yn llwyr i ddilyn y datblygiadau diweddara. Roedd Llundain hefyd, bellach, wedi arafu i stop. Fyddai Morris ddim yn mynd i unman.

Toc wedi pump oedd hi pan ddechreuodd y trais. Fel y byddech chi'n disgwyl, yn ein dinas ni y dechreuodd hynny, gan fod y bobl erbyn hynny wedi bod yn sownd yn eu ceir ers wyth neu naw awr. Ac ar gyffordd Heol y Parc y taniwyd y wreichionen . . . yn llythrennol.

Dechrau siglo'r fan heddlu wnaethon nhw, a ninnau'n gwylio'n ddiymadferth ar y bedwaredd sgrîn o'r chwith ar y rhes ucha. Mi aeth Victor â'r camera mor agos ag y gallai o. Roedd yna hanner dwsin o ddynion yno i ddechrau, ond mi heidiodd llawer rhagor yno wrth i'r helynt gynyddu. Yn sydyn, mi welon ni fflach wrth i rywun daflu potel yn llawn petrol o dan draed yr heddlu.

Er fod y plismyn wedi llwyddo i sathru ar y fflamau heb i neb, yn ôl pob golwg, gael unrhyw niwed ac er fod hynny fel petai o wedi sobreiddio'r dynion am y tro a'u gyrru nhw'n ôl i sefyll yn rhes rhyw ddeugain troedfedd ymhellach i lawr y llain galed, roedden ni i gyd wedi dychryn a Victor, hyd yn oed, yn dawel.

Jôc oedd ei sylw fo am doilet ychydig oriau ynghynt ond, erbyn hynny, roedd hi'n broblem go iawn ac mi allen ni weld pobl yn gadael eu ceir, yn amlwg yn chwilio am rywle i fynd am ryddhad. Roedd bwyd am fod yn broblem hefyd ac roedd y dyn efo'i nain yn y car bellach wedi cyrraedd y gwasanaeth radio cenedlaethol. Roedd arni hi angen ambiwlans, ond fedrai'r un ambiwlans ddod. Hofrennydd oedd yr unig obaith.

Erbyn tua saith o'r gloch, roedd yna helynt mewn sawl lle yn y ddinas a'r heddlu wedi hen golli rheolaeth. Y broblem i ni oedd ei bod hi'n dechrau tywyllu ac, er fod un neu ddau o'r camerâu yng nghanol y ddinas yn gallu gweithio gyda'r mymryn lleia o oleuni, roedd y rhan fwya o'r sgriniau'n troi'n wyll o flaen ein llygaid a golau'r strydoedd fel pyllau llachar ar eu traws.

Mae lluniau o'r fath yn y tywyllwch yn debyg iawn i luniau tanddwr neu sgans o fabi mewn croth. Popeth yn symud yn ara. Roedden ni'n meddwl ein bod yn gweld fflamau ar un sgrîn neu adlewyrchiad tân o rywle y tu allan i faes y camera, ond fedren ni ddim bod yn siŵr.

Penderfynu aros i mewn yn y gwaith wnaeth pawb. Roedd yna ddwy stafell i bobl aros, wedi'u paratoi ar gyfer argyfwng eira neu rywbeth tebyg. Os nad oedd yna ffreutur, roedd yna ddigon o frechdanau a siocled yn y peiriant i bara tan y bore.

Roedd Marina'n llawer llai pryderus nag yr o'n i wedi disgwyl, a finnau wedi chwarae efo'r syniad o allu ei chysuro hi yn ystod oriau hir y nos. Ond roedd hi, erbyn hynny, yn gwbl gadarn, yn dal i fwydo gwybodaeth yn gyson trwy ei chyfrifiadur, er nad oedd yna fawr ddim newydd i'w ddweud.

Aeth neb i'r gwely, beth bynnag, dim ond gwylio'r sgriniau, wedi ein cyfareddu gan y lluniau niwlog llonydd, yn chwilio am yr arwydd lleia o newid neu o rywbeth yn digwydd. Wrth gwrs, roedd pawb o bob un o'r swyddfeydd eraill wedi tyrru i mewn i'r uned ac, ar adegau, roedd hi'n annioddefol o boeth a ninnau'n gorfod gofyn iddyn nhw symud yn ôl er mwyn i ni gario ymlaen efo'r gwaith.

Ers oriau, panic go iawn oedd yn y lleisiau ar y radio a sawl un yn sôn am helynt ac ymladd rhwng gyrwyr a phlismyn, hyd yn oed yrwyr a'i gilydd. Mi glywson ni un dyn yn ffonio wrth i griw o ddynion siglo'i gar i drio'i symud i'r ochr, cyn i'r orsaf golli'r signal.

O Fanceinion y daeth yr adroddiadau cynta am bobl yn torri i mewn i archfarchnadoedd i chwilio am fwyd, tua dau o'r gloch y bore, ond mae'n bur debyg ei fod eisoes wedi dechrau digwydd mewn llefydd eraill. Mae hynny hefyd wedi dod yn rhan o ddefod trychinebau, yn gyfle i bobl gyffredin daro'n ôl yn erbyn yr anghenfil cyfalafol sydd fel arfer yn eu rheibio nhw.

Mi fues i bron â chysgu sawl tro a, bob hyn a hyn, mi roedd yn rhaid i fi edrych draw at Marina i roi gorffwys i fy llygaid rhag y sgriniau teledu a'r cyfrifiadur. Roedd yna ddiferion bychain o chwys yn y mân flew ar ei harlais ac roedd ei blows wedi crychu rhywfaint mwy nag arfer ar waelod ei chefn. Unwaith neu ddwywaith, mi ddigwyddon ni edrych draw at ein gilydd yr un pryd, ond doedd dim mynegiant yn ei llygaid. Ar y cyfan, wrth i'r lluniau ddieithrio a mynd yn anoddach eu gwylio, roedden ni'n canolbwyntio mwy.

Wyddwn i ddim beth yn union i'w ddisgwyl wrth i'r sgriniau ddechrau goleuo unwaith eto tua chwech o'r gloch y bore. Ro'n i wedi amau y byddai pethau'n ddrwg. Fel arfer, yr adeg honno y byddwn i'n dechrau stwyrian yn fy ngwely cyn codi a gwneud coffi, molchi a newid yn frysiog i gychwyn ar y daith i mewn.

Roedd pethau'n ddrwg. Ac yn waeth na hynny. A finnau wedi meddwl y byddai pobl wedi trio cael ychydig o gwsg yn eu ceir, doeddwn i ddim wedi disgwyl gweld yr anhrefn oedd yno yn y bore. Roedd y fan heddlu yn Heol y Parc wedi ei throi ar ei hochr, fel sawl car arall. Doedd dim rheswm amlwg i'w weld pam fod y dorf wedi ymosod ar rai yn hytrach nag eraill ac roedd yna ddwsinau o geir a faniau, a hyd yn oed lorïau, â'u drysau led y pen ar agor. Y teithwyr wedi mynd, neu wedi cael eu llusgo oddi yno.

Mi fedren ni weld y bws unwaith eto, yn gysgod mawr, ynghanol y bumed sgrîn o'r dde yn y rhes ganol. Wrth iddi oleuo, roedd hi'n bosib gweld wynebau'r plant yn gwasgu yn erbyn y ffenestri. Fedren ni ddim mynd yn ddigon agos i weld pa olwg oedd ar eu hwynebau, ond roedd hi'n hawdd dychmygu, a'r chwarae wedi troi'n ddiflastod ac yn ofn.

'Y pethau bach,' meddai Marina.

'Oedd ysgol James yn mynd ar drip ddoe,' meddai Victor. 'Dw i wedi methu cael ateb yn y tŷ.' Dyna'r tro cynta iddo fo ddweud dim am hynny.

Hyd yn oed bryd hynny, doedden ni ddim wedi dychmygu y byddai'r peth yn para. Roedd hi fel petaen ni'n disgwyl y byddai bore newydd yn dod ag ateb, er nad oedd unrhyw synnwyr yn hynny.

Doedd gohebwyr Five Live ddim yn gallu cael gafael ar y dyn a'i nain, ond roedden ni'n cymryd mai hwnnw oedd y dyn yn y stori ar y bwletin newyddion. Roedd hofrennydd yr ambiwlans awyr wedi dod i lawr i fynd â'r hen wraig i'r ysbyty a, rhywsut neu'i gilydd, wedi llwyddo i lanio ar lain o dir heb fod ymhell. Ond, yn ôl gohebydd oedd wedi cerdded draw yno yn ystod y nos, roedd y peilot wedi methu â chodi wedyn am fod gormod o bobl yn ceisio dringo i mewn efo nhw. Yn y diwedd, roedd yntau wedi gorfod dianc.

Ro'n i wedi clywed gweithwyr ambiwlans yn sôn o'r blaen am bobl yn troi'n gas, hyd yn oed bobl oedd ar fin cael eu hachub. Doedd y peth ddim yn gwneud sens ond roedd hynny, fel arfer, ar ôl gormod o ddiod neu gyffuriau ac efallai fod torf yn bihafio'n debyg i bobl feddw.

Dw i'n meddwl mai dyna pryd y gwnaethon ninnau ddechrau poeni amdanon ni'n hunain. Roedd y ddwy orsaf radio – Five Live a City – wedi bod yn cyfeirio'n gyson at ein huned ni. A phob gorsaf arall, mae'n siŵr. Roedd Morgan wedi gwneud sawl cyfweliad, finnau un neu ddau, a Marina wedi gwneud darn ysgafn tros y ffôn i raglen deledu brecwast.

Dim ond wrth sylweddoli fod pobl yn dechrau troi yn

erbyn y gwasanaethau y daethon ni i ofni y gallen ninnau fod yn darged. Siarad yn dawel am y peth a wnaeth Morgan a Victor a finnau, rhag codi ofn ar Marina, a dw i'n meddwl fod Morgan wedi cael gair efo penaethiaid rhai o'r adrannau eraill. Mi ddiflannodd rhai o'r dynion, i osod rhwystrau yn erbyn y drysau.

Mi welais i Marina yn edrych arna i fwy nag unwaith. Roedd hithau wedi deall, dw i'n siŵr o hynny, ymhell cyn i'r camera yn y gornel isa ar y dde ddechrau dangos dynion yn casglu ar y gylchfan ar y ffordd i mewn i'r stad. Fedren ni ddim gweld yn glir beth oedd ganddyn nhw yn eu dwylo, ond doedd yna fawr o amheuaeth am eu bwriad, wrth iddyn nhw gerdded tuag aton ni ac o olwg y camerâu.

Colofn

Nodyn gan y Golygydd

Pan fu farw'r diweddar annwyl Wil Tomos, Llainbychan,
roedd ar fin dechrau colofn o bytiau byd natur i'r papur bro.
Yn nodweddiadol ohono, roedd eisoes wedi crynhoi nifer
ohonynt ac, yn deyrnged iddo, rydym am eu cyhoeddi yn y
rhifyn hwn, yn union fel y cawsom hwy.

Ffynnon

Roedd o'n ddiwrnod gwirion bost i fynd i chwilio am y
ffynnon, ond ro'n i wedi bod yn dyheu am wneud hynny
ers tro byd, a heddiw y daeth y cyfle.

Mi allwn i deimlo'r gwynt yn sgytio'r car wrth
ddringo o Aberdaron am Uwchmynydd ac Enlli. Mae'r
ynys yn chwarae mig efo chi ar y lôn fach wledig honno,
yn codi'n sydyn y tu ôl i fryncyn ac wedyn yn diflannu
cyn ymddangos eto a mynd o'r golwg eilwaith.

Ond nid i Enlli yr o'n i'n awchu mynd ar bererindod,
ond at ffynnon fach sy'n symbol o'r hyn allsai fod yn ein
bywydau blêr. Ffynnon Fair ydi ei henw hi, a'r enw mor
syml a glân â hithau – ffynnon fach ddŵr croyw sy'n cael
ei golchi gan heli'r môr ond yn aros yn styfnig o bur.

Mi welais arwydd, a pharcio'r car yng nghysgod
draenen grom, i roi rhyw fymryn o gysgod i'r hen Forys
bach. Doedd yna'r un enaid byw ar y cyfyl a dim ond

ambell aderyn drycin uwchben yn cael ei chwipio ar draws yr awyr, fel darn o bapur ar stryd.

Mi fuodd bron imi fynd yn fy hyd fwy nag unwaith, wrth straffaglu i lawr at y creigiau, a'r gwynt yn fy nhynnu fi 'mlaen un funud ac wedyn yn fy sodro'n ôl.

Dw i'n meddwl imi ddod o hyd iddi, lle'r oedd y tonnau'n poeri'n gas. Llygedyn o ddŵr di-ewyn yn llenwi soser o graig. Mi fues i yno am awr, reit siŵr, yn syllu mewn cyfaredd arni.

Ai honno oedd y ffynnon? Ai ffynnon welais i? Fedra i ddim bod yn saff. Ond efallai nad oes gwahaniaeth.

Colomennod

Fydd gas gen i drefi gwyliau glan môr. Ond mynd fydd raid pan fydd y wraig 'cw'n deud ei bod hi'n ddiwrnod siopa.

Gweld y môr yn cael ei gaethiwo fydda i, gan ein promenâds a'n rhodfeydd. A rhyw flodau a llwyni diarth, ac ambell balmwydden chwithig, yn gwneud pethau ganmil gwaeth.

Dianc fydda i. Edrach allan am y môr neu i'r awyr tros bennau'r bobl a chraffu'n fanwl er mwyn cau popeth arall allan a chreu fy myd bach mawr fy hun.

Haid o ddrudwy fydd yno weithiau, yn troelli a chreu patrymau cymhleth draw, yn gwmwl, yn anifail, yn rhuban, yn helics dwbwl. A bob tro, mi fydda i'n methu'n lân â dirnad sut y maen nhw'n cadw efo'i gilydd, fel dawnswyr yn dilyn miwsig na chlywith neb arall mo'no.

Colomennod oedd ddoe. Dwy golomen yn cerdded o flaen y fainc lle'r on i'n eistedd, heb sylwi fy mod i yno.

Ceiliog a iâr, a'r naill yn dilyn y llall yn ôl ac ymlaen fel 'taen nhwthau'n dawnsio, ond dawns llawer mwy cyntefig, a'r ceiliog yn chwyddo'i frest yn anferth a'i rhuthro hi bob hyn a hyn.

Dyna pryd y gwnes i sylweddoli nad oedd gen i syniad be oedd ystyr y ddawns. Ai bygwth yr oedd y ceiliog neu geisio gwneud argraff i ddenu? Dawns o drais neu ddawns o gariad? Weithiau, fel efo pobl, mae'n goblyn o anodd deud.

Pwll

Fuoch chi i lawr ar y Morfa'n ddiweddar? Welsoch chi'r pwll nofio newydd? Yr un efo'r sleids a'r peiriant yna i wneud tonnau?

Yn ôl fel yr ydw i'n ei ddeall, mae yna ryw beiriant yn eu creu nhw yng nghrombil yr adeilad. Ond nid dyna'r rhyfeddod chwaith, ond y syniad ei hun.

Stori dyn ydi stori rheoli natur a rŵan, ar ôl ffeindio na fedrwn ni ddim, rydan ni wedi dechrau'i dynwared. Ei hail-greu hi mewn ffordd sy'n osgoi ei hystyr hi'n llwyr – y ffaith ei bod hi'n beryg.

Pan fydd y peiriant yn y pwll yn dechrau, mi fydd pawb yn rhuthro i'r dŵr ac yn neidio dros y tonnau. Os neidian nhw'n ddigon uchel, mi fedran nhw edrych allan trwy'r ffenest a gweld y môr go iawn.

Tywyllwch

Dw i'n dechrau meddwl fod arnon ni ofn tywyllwch. Tydi tywyllwch go iawn ddim yn bod, hyd yn oed yng nghefn gwlad Cymru.

Ewch i ddinas fin nos. Mi fydd popeth wedi'i oleuo.

Golau llachar, caled sydd bron yn brifo eich llygaid. Yn creu math o garchar oren a chau allan bob peth sy tu hwnt. 'Uwch yr eira wybren ros,' meddai Waldo, ond nid bomiau sy'n dinistrio'r awyr heno.

Mi fydda i'n meddwl weithiau be fyddai'n digwydd pe bai'r trydan yn peidio'n llwyr ymhobman yr un pryd. Un noson, mi fyddai golau'r hen dre yma a phob tre a phentre o'i chwmpas yn diffodd, fel cau bysedd am fflam cannwyll.

Ac yn sydyn, mi fydden ninnau'n edrych i fyny ac arswydo at y sêr.

Lliw

Diwrnod prin, diwrnod poeth, a'r awyr yn y cae uwch yr afon bron yn ddigon tew i'w gnoi. Un o'r dyddiau yna pan fydd y dŵr a'r tes yn mynd yn un cryndod, ac amser ei hun fel tasa fo'n ceulo a llifo'n arafach.

Sylwi ar wyfyn wnes i, neu, yn hytrach, fethu â sylwi arno fo, yn swatio ar garreg fach lwyd o fewn modfeddi i'r mymryn o dorlan lle ro'n i'n gorwedd. Mi gymrodd hydoedd i fi ei weld ac wedyn roedd o'n hollol amlwg. Fel chwilio am y diafol yn Salem.

Roedd miloedd o flynyddoedd o fyw a marw wedi'i greu o i edrach yn union fel y garreg ac wedi'i hyfforddi o i aros yn hollol lonydd. A hyd yn oed y llygaid yn edrych fel brychau neu fymryn o gen.

Wedyn mi ddaeth un arall heibio – iâr fach yr ha y tro yma – a phatrwm llachar ar ei hadenydd, yn llygaid duon i gyd, ar gefndir gwaetgoch, fel llygaid diafoliaid. Wnaeth hi ddim aros, dim ond igam-ogamu'n nerfus o betal i betal.

Mae yna sawl ffordd o amddiffyn. Swatio a gobeithio na fydd neb yn sylwi, neu wneud cymaint o sioe herfeiddiol nes cadw popeth draw.

Lleuad

Neithiwr, a hithau'n noson risial ym mis Tachwedd, mi es i allan i syllu am hir i ddyfnder awyr y nos. Adroddiad papur newydd, o bopeth, oedd wedi fy nghyffroi fi i wneud.

Erthygl wyddonol oedd hi am seryddwyr yn dod o hyd i leuad newydd i un o'r planedau; chofia i ddim yn hollol pa un. Nid ei gweld hi wnaethon nhw chwaith, dim ond synhwyro ei bod hi yno.

Gwylio symudiad y blaned wnaethon nhw a sylwi ar batrwm rhyfedd. Yr unig esboniad posib oedd fod rhywbeth yn tynnu arni a stumio 'ron bach ar ei llwybr. Lleuad ddu, na fedrech chi ei gweld, fel y tyllau du lle mae amser yn ei lyncu ei hun.

Wyddwn i ddim lle i edrych, wrth gwrs, ond ar noson felly, mi fedrwch chi bron ddychmygu'r bydysawd yn tyfu o'ch blaen.

A meddwl am hwfro wnes i. Meddwl am yr ychydig droeon pan fydd y wraig wedi gadael y peiriant yn fy ngofal i. Fydd hi ddim callach faint o ddarnau o faw y bydda i wedi eu codi, ond mi fyddai'n sylwi pe na bawn i'n gwneud.

Cwtiad

Mae'n rhyfedd fel y mae adar yn eu hamddiffyn eu hunain. Cornchwiglod yn sioe i gyd i'ch tynnu oddi wrth yr wyau . . . ac eraill yn ymosod os mentrwch chi'n rhy agos at gyw.

Y cwtiad ydi'r cyfrwysa, am fod rhaid iddo fod. Mae'r iâr yn dodwy ar y ddaear a, thros y miloedd blynyddoedd, mi ddysgodd sut i dwyllo pob gelyn.

Esgus bod wedi brifo y bydd hi a hercian yn boenus i ffwrdd oddi wrth ei nyth gan wybod y bydd unrhyw heliwr sglyfaethus yn dilyn. Erbyn mynd yn ddigon pell, mi fydd yn lledu'i hadenydd a dianc.

Y peth rhyfedd ydi fod yr un tric yn gweithio efo pobl, ond mewn ffordd hollol wahanol. Mi fydd y rheiny'n gweld un adain yn llusgo ac yn eu sentimentaleiddiwch anwybodus yn ei dilyn er mwyn trio helpu. Ac, wrth gwrs, maen nhw'n mynd â'u traed afrosgo a'u trwynau busneslyd efo nhw.

Paru...

Fo gafodd y syniad. Neb ond y fo. Am fisoedd, mi wnes innau wrthod. Dwn i ddim pam wnes i ildio yn y diwedd, chwaith. Oherwydd y nagio diddiwedd, efallai, neu trwy ddiflasu ar ddweud 'na'. Mae'n rhyfedd fel y mae cyfarwyddo â syniad yn ei wneud o'n fwy derbyniol, yn anorfod bron.

O gylchgrawn y cafodd o'r syniad. Un o'r erthyglau hanner-difrifol yna sydd mewn papurau dydd Sul trwm, yn smalio rhoi dadansoddiad cymdeithasol ichi, pan nad ydyn nhw'n ddim mewn gwirionedd ond esgus tros ymdrybaeddu mewn rhyw. Twt-twtian a glafoerio ar yr un pryd.

Mi wyddwn i fod rhywbeth yn y gwynt, pan fynnodd gadw'r darn hwnnw o'r papur a'i roi ar y bwrdd wrth erchwyn y gwely. Doedd dim rhaid iddo fo farcio'r tudalennau na dim; dim ond wrth fusnesa trwyddyn nhw, mi wyddwn yn syth pa erthygl oedd hi.

Dw i'n hanner amau ei fod o wedi gadael y papur yno'n fwriadol, gan wybod y baswn i'n edrych, achos mi ddechreuodd y swnian ychydig ddyddiau wedyn. Dyna yr oedd pawb yn ei wneud, medda fo. Roedd o'n beth hollol normal.

Wyddwn i ddim sut i ymateb i ddechrau. Brifo oedd y teimlad cynta, ei fod o wedi diflasu cymaint ar ôl dim ond pum mlynedd o briodas. Ond mi ddywedodd yntau mai arwydd o'i gariad o oedd hyn, ei fod o eisio inni rannu mwy, eisio inni dyfu trwy brofiadau newydd.

Fel arfer, mi drodd yntau'r drol a thrio awgrymu mai diffyg serch ar fy rhan i oedd gwrthod. Fod hyn yn dangos yn hollol glir nad oeddwn i'n ei garu go iawn. Nad oeddwn i'n fodlon gwneud rhywbeth bychan bach fel hyn i'w blesio fo. Ac edliw fy niffyg antur yn y gwely, yn wahanol i wragedd pawb arall.

Ar fy ngwaetha, wrth glywed yr un diwn gron, un diwrnod ar ôl y llall, mi ddechreuais innau amau ei fod o'n dweud y gwir. Ac, wedyn, dechrau teimlo'n euog.

'Mae'n rhaid fod gen ti ryw hangyps. Does neb normal yn gweld dim byd o'i le yn y peth. Dim ond ychydig o fwynhad diniwed, pobl yn dathlu eu cyrff.'

Dyna'r felltith efo euogrwydd. Does dim ond angen ei blannu iddo ddechrau tyfu. Fel cân yr ydach chi'n ei chasáu yn mynnu dod yn ôl i'r meddwl.

Gorau oll os ydi o'n cael ei blannu'n slei bach heb ichi sylwi ei fod yno. Ac erbyn i chi ei nabod o, mae hi'n llawer rhy hwyr. Mi dyfith ac mi dyfith trwyddoch chi nes eich meddiannu chi'n llwyr.

Wnaeth y rhaglenni teledu ddim helpu chwaith. Rhes ohonyn nhw, un ar ôl y llall; y pwnc ffasiynol diweddara. Rhaglenni yn dangos 'bywyd go iawn', medden nhw, yn rhoi'r argraff fod pawb wrthi. 'Mae pawb yn gwneud,' meddai yntau. Fel tiwn gron.

Fel arfer, roedd hi'n amhosib gwybod faint o'r rhaglenni oedd yn wir, a faint oedd yn actio i'r camera. A doedd ganddo yntau ddim o'r sens i weld fod rhaid i'r sianeli ddweud mai hwn oedd y ffasiwn mawr diweddara, er mwyn i'r rhaglenni weithio.

Mi driodd fod yn swci hefyd. Cofleidio a mwytho a chwtshio, dal ei hun yn ôl ac esgus ei fod yn ddigon hapus yn cydio'n dynn yn ein gilydd, heb wneud mwy. Finnau'n flin efo fi fy hun bob tro yr o'n i'n ildio.

Doedd dim angen pum mlynedd i fi ddysgu am orsaf heddlu'r emosiynau. Tacteg plismon cas a'r plismon ffeind sy'n llwyddo bob tro. Mae'n eich drysu chi, yn chwalu'r tir cadarn o dan eich traed, nes eich bod chi'n fodlon cydio yn unrhyw beth sy'n cynnig sicrwydd.

Llusgo fy nheulu i mewn wnaeth o wedyn. Awgrymu mai eu Piwritaniaeth nhw oedd wedi fy stumio fi. Na fedrwn i fwynhau yn iawn, fod caru efo fi fel perfformio o flaen hanner dwsin o flaenoriaid a gweinidogion.

Roedd yna bobl yn y gwaith yn gwneud, medda fo. Ac yn cael llond lle o hwyl. Eu bywyd priodasol nhw erioed wedi bod yn well. Oedd, roedd y tro cynta ychydig yn anodd, meddai pawb, fel rhoi blaen troed yn y dŵr cyn deifio, ond wedyn roedd o'n fodd i fyw.

Mi awgrymodd o noson fach allan efo cwpwl arall, Brian a Corinne. Dim rhyw na dim byd, dim ond pryd bach o fwyd a diod, a dod i nabod ein gilydd. Mi wrthodais i hynny hefyd, am wythnos neu ddwy.

'Mi fyddan nhw'n gweld chwith,' medda fo. 'Does neb yn gofyn ichdi wneud dim byd, dim ond noson allan ddiniwed. Mae o'n uffar o gês ac, yn ôl pawb sy'n eu nabod nhw, mae hithau'n hogan neis, yn licio'r un math o bethau â chdi.'

Yn ôl adre mi allswn fod wedi gwrthod. Mi fyddai pawb yn yr ardal yn nabod ei gilydd, beth bynnag. Yng Nghaerdydd, roedd pethau'n wahanol a fawr neb yn cymryd sylw. Fedrwn i ddim defnyddio'r esgus am farn y cymdogion.

Ac, felly, mi aethon ni. Fedra i ddim honni ei bod hi'n noson annifyr, chwaith. Roeddan nhw'n gwmni da yn eu ffordd, ond fedrwn i ddim peidio ag edrych arnyn nhw a dychmygu pethau eraill. Hi'n ochneidio a griddfan a Dafydd ar ei phen hi, finnau'n gorfod teimlo'i fysedd modrwyog o ar fy nghnawd. Fedrwn i ddim gadael i fy nychymyg fentro ymhellach.

Doeddwn i ddim haws na dweud hynny wedyn. Snob o'n i, yn meddwl fy mod i'n well na phawb. Un peth oedd methu â mwynhau, peth arall oedd rhwystro pobol eraill rhag gwneud hynny hefyd.

Y cylchgronau a'r ffilms ddaeth wedyn. Yn llawn 'profiadau go iawn'. Merched tlws yn eistedd ar soffas swbwrbaidd, fel fy soffa i, yn dweud cymaint o hwyl oedd 'swingio'. A phob un yn pwysleisio fod cariad eu partneriaid atyn nhw, o ganlyniad, wedi tyfu . . . a defnyddio'r union air heb rithyn o eironi.

Dydi dynion erioed wedi dallt pam fod ffilmiau porn mor ofnadwy o ddiflas i ferched. Am mai dynion sy'n eu gwneud nhw. Ffantasïau dynion sydd ynddyn nhw a'u syniad nhw o be ydi ffantasi merched. Neu'r hyn y basan nhw'n licio iddo fo fod.

Doedd y rhain ddim gwell ac, ar y dechrau, mi wnaethon nhw fi'n fwy pendant fyth. Ond roeddan nhw'n gweithio heb i fi sylwi, yn gam bach arall yn y broses o wneud i fi deimlo fod y cyfan yn hollol naturiol.

'Mae rhai o'r lleill yn dechra gwneud hwyl am 'y mhen i. Meddwl fod rhywbeth yn rong arna chdi. Meddwl fod rhywbeth yn rong ar ein priodas ni, ei bod hi'n rhy wan inni fentro.'

Mi awgrymodd hyd yn oed y byddai ei obeithion o yn y gwaith yn diodda. Un o'r partneriaid yn swingio'n gyson, medda fo, ac yn licio gweld y cyfreithwyr iau yn gwneud yr un peth.

Ro'n i'n casáu'r noson o'r funud y dechreuodd hi. Cyrraedd y tŷ a gweld y ceir eraill yno eisoes. Y mân siarad wedyn, yn waeth nag mewn parti arferol. Yn eiriau i lenwi tawelwch neu yn or-ymdrech i swnio'n hamddenol a hyderus.

Ddalltais i ddim hyd heddiw sut yr oedd y parau'n cael eu dewis. Ond roedd yna ddigon o ddiod yn llifo ac mi yfais innau fwy nag arfer, fel rhyw fath o anasthetig. Hyd yn oed efo hwnnw, roedd y profiad yn troi fy stumog i a dw i'n siŵr na chafodd y dyn – dw i'n gwybod pwy ydi o – brofiad hanner cystal ag arfer.

Ond be wn i. Efallai mai profiadau anfoddhaol y maen nhw i gyd yn ei gael, ond fod neb yn fodlon cyfadde.

Ddylai Dafydd ddim bod wedi gyrru. Roedd yntau wedi yfed mwy nag arfer. Ond, ar y dechrau, roedd o'n uchel ei gloch. 'Ddudish i wrtha chdi, do. Noson ffantastig.' Heb feddwl unwaith be oedd ystyr go iawn ei eiriau wrth siarad efo'i wraig am fod efo dynes arall.

Nid dyna oedd y broblem chwaith. Nid fy mod i'n eiddigeddus. A dweud y gwir, do'n i'n teimlo dim. Dim byd. Ro'n i fel taswn i eisoes yn rhwbio'r profiad o fy meddwl a hynny, wrth gwrs, yn golygu y gallwn i ei wneud o eto.

Ond, cyn diwedd y daith dywyll honno'n ôl yn y car, a goleuadau'r strydoedd yn mynd a dod dros fy wyneb, mi synhwyrais i fod chwalfa ar y ffordd. Rhywsut, er ei fod o'n dal i ddefnyddio'r un geiriau gwirion, mi deimlais i newid yn Dafydd. Mi ddechreuodd ei frolio swnio'n wag a chlindarddach yn fyddarol trwy'r car, fel plentyn bach yn curo sosban.

Y bore wedyn mi ddechreuodd o ofyn sut brofiad ges i a mynd yn fwy a mwy manwl bob tro. O'n i wedi griddfan, o'n i wedi dod. Sut oedd y llall yn cymharu. A gwrthod credu pan oeddwn i'n dweud fod yn gas gen i'r cwbl lot.

O ddydd i ddydd, mi drodd yr holi'n fwy manwl ac wedyn yn edliw, a hwnnw'n fwy milain bob tro. Bron na fedrwn ni ei weld yn newid o flaen fy llygaid, dieithrwch ac wedyn casineb yn ei lygaid a rhyw oerfel yn ei lais.

Efallai y dylwn i fod wedi chwerthin, gwneud jôc o'r peth a'i herio nes ei fod o'n meddalu. Ond fuodd hynny ddim ynddo i erioed. Ac roedd hi'n rhy hwyr erbyn i'r holi a'r edliw droi'n gas.

Nid y ddyrnod gynta oedd y peth gwaetha, coeliwch neu beidio. Na'r ail na'r drydedd chwaith. Mi fedrwch ddod i arfer efo hynny hefyd. Y peth gwaetha oedd y tro cynta y syllodd o i fyw fy llygaid i a gweiddi, 'Hŵr!'

Claddu

Maen nhw'n dweud mai tair cenhedlaeth sydd eu hangen i sbwylio busnes. Un i'w sefydlu, un arall i'w wthio yn ei flaen, a'r drydedd i wario a gwastraffu'r cyfan.

Nid felly yr oedd hi yn achos Parry & Son, trefnwyr angladdau. Mae'n rhy gynnar i ddweud a fydd y busnes yn llwyddiant yn y dyfodol ond, yn sicr, nid diffyg ymdrech fydd yn gyfrifol am unrhyw fethiant. Roedd y drydedd genhedlaeth yn frwd. Yn frwd iawn.

Jack Parry oedd y sylfaenydd, yn niwedd y pedwar-degau yn union ar ôl y Rhyfel. Mae'n debyg mai'r holl sôn am farwolaeth oedd wedi'i ysbrydoli. Roedd hi'n anodd osgoi'r peth yn y dyddiau hynny, medden nhw, ac roedd o wedi etifeddu rhyw fymryn o gelc gan ei dad, o'r busnes wyau marchnad ddu. Efallai fod y geiriau hynny wedi'i sbarduno hefyd, i fynd i'r farchnad ddu go iawn.

Dyn busnes yn yr hen steil oedd Jack Parry, yn cuddio'i drachwant y tu ôl i foesgarwch a pharchus-rwydd. Roedd o hyd yn oed yn rhwbio'i ddwylo yn ei gilydd wrth eich mesur chi efo'i lygaid. Ond roedd o'n hen iawn erbyn i mi ddod i nabod y teulu ac yn paratoi am y Tâp Mawr ei hun.

Yn y dyddiau hynny, roedd pawb yn fodlon maddau rhyw ychydig o dwyllo bach diniwed. Roedd pawb yn gwybod fod Jack yn codi am eirch derw oedd wedi eu gwneud o bren meddal a'u lliwio'n dda. Roedd yna ambell un yn taeru eu bod nhw'n nabod modrwyau a mwclis a ymddangosodd yn ffenestri'r siopau ail law yn y dre ond doedd neb yn hollol sicr. A Jack oedd Jack wedi'r cyfan.

Parhau efo'r traddodiad wnaeth John, y mab, gan wneud popeth yn fwy slic a mwy effeithiol. Mwy o hersys, eirch crandiach a thop hats uwch. Yn y dyddiau hynny hefyd y dechreuodd y cwmni hysbysebu; safbwynt yr hen Jack oedd y dylai'r meirwon ddod atoch chi ond, wrth i gwmnïau mawr symud i'r dre, roedd John wedi cydnabod yr anochel a derbyn fod rhaid cystadlu.

Roedd rhai o'u sloganau nhw yn chwedl yn yr ardal. 'Arch â pharch' . . . 'Hers heb ei hail, achos dim ond y gynta sy'n cyfri' . . . 'Cyn hebrwng ac wedyn, byddwn yn gofalu'.

Ar wahân i'r tro hwnnw y buon nhw bron â chladdu Magi Machine Gun cyn iddi farw, roedd popeth wedi mynd yn dda. Mrs Jack Parry wnaeth y camgymeriad, trwy ddechrau golchi'r hen jadan cyn i'r doctor arwyddo'r dystysgrif. Chwarae teg, roedd Mrs Parry'n dechrau mynd yn fyr ei golwg, a dyna'r tro cynta erioed i'r hen Fagi ddal ei gwynt. Ac er mawr ofid i'r rhan fwya o bobl y pentre, mi ddaeth Magi yn ôl yn fyw.

John gafodd y syniad o siarter. Roedd y rheiny'n boblogaidd iawn yn y dyddiau hynny, yn ystod teyrnasiad y Toris. Roedd o'n swnio fel syniad da – addewid i dalu iawndal os oedd rhywbeth yn mynd o'i le – ond amheus oedd Jack o'r dechrau. Erbyn hynny, roedd wedi perffeithio ymarweddiad claddwr i'r fath raddau nes fod ei eiriau wedi mynd cyn brinned â'i wên.

Dim ond pum gair ddywedodd o, yn ôl y sôn: 'Addo gormod. Peryg pob addewid.'

Roedd John, wrth gwrs, yn meddwl ei fod yn hollol saff. Addo gwasanaeth i'r meirw yr oedd y siarter, a fedrai'r meirw ddim siwio. Er gwaetha'i glyfrwch, mi ddysgodd ddwy wers fusnes bwysig:

1. Roedd sôn am gywiro beiau yn awgrymu fod beiau'n bod.
2. Roedd crybwyll beiau yn annog pobl i chwilio'n fanwl amdanyn nhw.

Mi ollyngwyd y siarter yn o fuan.

Mwy llwyddiannus oedd yr arallgyfeirio a, chwarae teg, o dan John y dechreuodd hynny hefyd. Mi aethon nhw i mewn i briodasau a busnes tacsi. Mae arallgyfeirio'n air mawr ar y gorau ond roedd o'n anferth bryd hynny a, beth bynnag, roedd synnwyr cyffredin yn dweud mai'r un math o geir roedd eu hangen ar gyfer y gwahanol achlysuron. Dim ond y trimins oedd yn wahanol.

Yr unig broblem i Jack a John oedd cofio pryd i wenu a phryd i edrych yn ddwys. Ac, yn ôl un stori, roedd hers wedi'i defnyddio unwaith neu ddwywaith i ddod â slotwyr yn ôl o'r dre ar nos Sadwrn ofnadwy o brysur. Yn ôl y chwedl yn y pentre, erbyn hanner nos, doedd yna fawr o wahaniaeth rhwng yr yfwyr a chyrff beth bynnag.

O ystyried y cefndir, toedd ryfedd fod Sion wedi datblygu yn ei dro yn ddyn busnes hefyd, er na fyddech chi wedi credu hynny pan oedd o ychydig yn iau. Fo oedd y mwya gwyllt ohonon ni i gyd. Yn yfed mwy, yn hel merched fwy ac yn mynd i fwy o helynt. Roedd pawb wedi disgwyl mai stori'r tair cenhedlaeth fyddai hi, ond mi synnwyd ni i gyd gan Sion. Fel Henry V efo Shakespeare erstalwm, mi newidiodd ei ffyrdd wrth i fantell cyfrifoldeb syrthio arno fo, ar ôl i John gael ei strôc. *Breast stroke* oedd hi, meddai'r hogia yn y Lion, achos roedd John ar y pryd yn sugno ar un o dethi llawnion Jenny Tŷ Porth. Ond mi gadwyd y sgandal yn dawel, rhag Mrs John Parry, o leia.

Ac felly y daeth Sion i'w deyrnas a mynd â Parry & Son i mewn i fyd cwbl newydd, efo enw newydd, PS Services. Mi aeth ati efo arddeliad, chwarae teg – mi gafwyd hers wen am y tro cynta erioed a chatalog yn llawn eirch o bob lliw efo dewis anferth o handlenni yn yr Infinity Range. Y ddyfais glyfra o'r cwbl oedd cynnig chwaraewr CD personol i'w rhoi yn yr arch i ganu hoff gerddoriaeth yr ymadawedig wrth iddo fynd ar ei ffordd. Roedd hi bron fel claddu Ffaro, ond fod Sion, rywsut, yn llwyddo i arbed y chwaraewr CD cyn cyrraedd y ffwrnais neu'r bedd.

Do'n i ddim yn gweld cymaint ar Sion erbyn hynny ac yntau wedi rhoi'r gorau i ddod i dafarn y pentre. Rhy ffroenuchel, meddai rhai, ac wedi mynd yn sych syber ar ôl priodi hogan o'r dre, ond efallai mai wedi ei siomi yr oedd o ar ôl gweld yr hen Ship yn cael ei throi yn Ye Olde Prawn and Cocktail. Mi fuodd bron i'r hogia droi cefn bryd hynny ond nad oedd gynnon ni ddewis arall ac roedd y Sais yn ddigon clên.

'S'mai, Sion,' meddwn i wrth ei weld ambell dro.

'Dal i geibio,' medda fynta, a chwerthin.

Ond y tu ôl i'r agwedd ffwrdd â hi, roedd hi'n amlwg fod Sion wedi bod yn meddwl yn ddwys am y busnes claddu ac wedi deall un peth go bwysig amdano – mai rhywbeth i'r rhai byw ydi angladd.

Roedd o hefyd wedi gweld sut yr oedd pobl ein hoes ni yn gwirioni ar ddigwyddiadau. Mae'n rhaid ichi fod yno neu, yn bwysicach fyth, allu dweud eich bod chi yno. Dw i'n meddwl mai adeg marwolaeth y Dywysoges Diana y gwelodd o hynny – fod galaru cyhoeddus yn cynnig tamed bach o anfarwoldeb mewnol i bawb.

'Mae'n rhaid i'r peth fod yn sioe, ti'n gweld,' meddai Sion ar un o'r ychydig droeon pan gawson ni sgwrs go iawn. 'Dydi byw ddim yn real erbyn heddiw, felly pam ddylai marw fod.'

Dyna pryd y dywedodd o wrtha i am ei syniad mawr, er mai ar ddamwain y trawodd o ar hwnnw. Os oedd Sion wedi callio'n gyhoeddus, roedd genynnau'r Parrys yn dal yn gry a doedd cyboli efo merched ddim wedi dod i ben.

'Lle da ydi'r Chapel of Rest,' medda fo wrtha i, efo dim ond y mymryn lleia o winc. Efo'r soffas newydd pinc tywyll, roedd hi'n ofnadwy o gyfforddus, mae'n debyg. 'Does yna fawr o beryg i neb dy styrbio di fan'no,' meddai wedyn. 'Neu felly yr o'n i yn meddwl.'

Dw i'n amau dim mai Cherie, merch Jenny Tŷ Porth, oedd yno efo fo ar y pryd – roedd y Parrys yn hynod o deyrngar. A, chwarae teg, roedd Cherie fach wedi dod yn hogan fawr ac, fel ei mam hithau, yn arbennig o ffeind.

Wedi mynd i'r Chapel of Rest yr oeddan nhw, heb sylweddoli fod yr hen Jack wedi trefnu un angladd arall i ryw hen ffrind neu'i gilydd ac, yn ôl ei arfer hen ffasiwn, heb ddilyn y drefn o gofrestru'n iawn a rhoi'r manylion ar y cyfrifiadur. Yn ôl hwnnw, roedd y capel yn wag ac ar gael i gampau'r bywiog. Ond, chwarae teg, roedd yr hen Dom Griffiths wedi colli ei wraig ac wedi mynnu mai Jack oedd yn cael y fraint o'i hebrwng hi ar ei ffordd.

Erbyn hynny, felly, roedd Nansi yn gorwedd yn yr arch fawr o 'dderw' hen ffasiwn ar y bwrdd marmor yn y canol a dw i'n amau dim fod Cherie â'i chefn yn ei herbyn ar y funud dyngedfennol.

Dwn i ddim yn iawn pryd y sylweddolodd Sion. Gweld yr hen Dom ar y camerâu diogelwch, mae'n debyg, yn dod i mewn trwy'r drws ffrynt efo Jack. 'Rydan ni wedi cael CCTV,' meddai Sion ryw dro cynt. 'Rhag ofn i ryw fygar ddianc.'

Dwn i ddim yn iawn lle'n union yr oedd Cherie arni yn y broses o gladdu'r anghenfil, ond mae'n debyg nad oedd ganddi hi ddim amdani ond y thong efo llun John ac Alun. Fel ei mam o'i blaen, roedd hi'n sgut am ganu gwlad. Beth bynnag am hynny, dim ond ychydig eiliadau oedd ganddyn nhw i guddio'r hyn oedd ar fynd . . . a dod.

'Diolch byth fod yr hen Dom yn fusgrall,' meddai Sion, a disgrifio sut y llwyddon nhw i dynnu'r hen Nansi o'r arch a'i stwffio hi dan un o'r soffas tra oedd y ddau hen begor yn ymbalfalu efo'r drysau ac yn llusgo'u ffordd i mewn. Yr unig le i Cherie guddio oedd yn yr arch – fel y deudis i, mae hi'n hogan fawr.

'Tyd yn dy flaen, Tom bach,' meddai Jack wrth wthio efo holl nerth ei bedwar ugain a phedair oed yn erbyn drws trwm y capel. Ac roedd yna fwy o dynerwch nag arfer yn ei lais, fel pe bai cyfeillgarwch oes yn gryfach hyd yn oed na busnes. 'Rydan ni wedi ei rhoi hi yn fama'n barod, a'r musus ei hun wnaeth y gwaith. Mae hi'n werth ei gweld, wir dduw.'

Doedd y geiriau hynny ddim yn ddigon i'w baratoi fo – na Tom Griffiths – am yr olygfa wrth godi'r caead. 'Nefi wen, mae hi'n ddigon o ryfeddod,' oedd geiriau Jack, heb golli gallu masnachwr i wneud y gorau o bob amgylchiad. Ddywedodd Tom druan ddim, dim ond disgyn yn swp ar y llawr.

'Dyna'r syniad, ti'n gweld,' meddai Sion. 'Eu cael nhw'n ddigon hen a rhoi sioc i'r un sy'n galaru. Dwy angladd mewn un a dim angen mynd allan ddwywaith i gartre'r ymadawedig – breuddwyd yr hen Jack erstalwm, fod y meirw'n dod aton ni.'

Mae'n rhaid cyfadde fod angladd ddwbl Tom a Nansi Griffiths, Hafod Fach, yn ddigon o sioe ac mi glywais innau sawl un yn y gynulleidfa yn dweud mor neis fyddai gallu mynd mor sydyn ag y gwnaethon nhw, efo'i gilydd tan y diwedd.

'Dw i wedi trefnu un neu ddau o bethau erbyn hyn,' meddai Sion, gan fod ein sgwrs ni'n digwydd rai wythnosau wedyn. 'Mae 'na fâs flodau sy'n disgyn ar y llawr a thorri'n deilchion a record o sŵn griddfan yn dod o'r arch, i'w chwarae pan fydd pobl yno yn galaru ar eu pen eu hunain.'

Mae'n rhaid ei fod o wedi meddwl fy mod i'n amheus o'r cynllun, o'i ymarferoldeb a'i foesau sylfaenol.

'Arbed trafferth a chost iddyn nhw ydw i,' meddai. 'Meddylia, dim angen dyblu'r blodau, dim ond un daith i'r perthnasau, cadw parau efo'i gilydd ac, ar ben hynny, dw i'n arbed ffortiwn i'r teulu o orfod cadw un hen greadur i fynd am flynyddoedd wedyn, yn niwsans i bawb.'

Ac felly y daeth dêl ddwbl Parry & Son i fod – y PPS. Beth bynnag ddywedwch chi, mae'n dda gweld Cymro'n mentro.

Pwy yw Euryn Ogwen?

CyfRhwng – y prosiect cyfathrebu rhyngwladol
Adroddiad terfynol
Crynodeb

1. Amcanion

1.1 Mae'r panel gweithredu yn credu mor gryf ag erioed yn y cysyniad sylfaenol, a gynigiwyd yn wreiddiol gan y gynrychiolaeth o Loegr ar CONCOM. Dyfynnwn yr amcanion yma: 'I ddarparu rhaglen gyfrifiadurol a fydd yn cyfrannu at heddwch a dealltwriaeth ryngwladol trwy drosi holl ieithoedd y byd, y naill i'r llall, yn ddiwahân.'

1.2 Cred y panel yn ddiysgog hefyd fod y prosiect yn ymarferol bosibl ac y bydd modd, yn gynnar iawn yn y dyfodol, i glirio'r un broblem dechnegol sydd ar hyn o bryd yn atal y gwaith.

1.3 Credwn ymhellach ein bod wedi profi, trwy ein gwaith hyd yma, fod modd datblygu rhaglen lwyddiannus o'r fath ac nad oes rhwystr sylfaenol i'r broses o gyfieithu'n effeithiol rhwng nifer o wahanol ieithoedd a sicrhau Cydystyriaeth. Hyderwn fod y datblygiad hwn yn bosib o fewn byr amser a gofynnwn am ymestyn y rhaglen ymhellach er mwyn dwyn y gwaith i ddiweddglo llwyddiannus.

1.4 O'i gwblhau, bydd y prosiect yn gyfraniad anferth at ddealltwriaeth fyd-eang, trwy ddarparu cyfle i holl bobl y byd gyfathrebu yn eu priod ieithoedd (sef y 12 prif iaith a rhai is-ieithoedd pwysig).

2. Y Rhaglen Waith

2.1 Credwn fod y rhaglen waith yn rhesymol. Llwyddwyd i adeiladu rhagenghraifft neu brototeip o'r rhaglen yn ein canolfannau yn Genefa ac Efrog Newydd o fewn yr amser penodedig o ddwy flynedd.

2.2 Bu'n rhaid gwneud cais ychwanegol am adnoddau ariannol i sicrhau profion trylwyr ar y prototeip hwn ond, er ei fod yn $39.4 miliwn (28.6 miliwn Ewro ar brisiau Tachwedd 25, 2004) yn fwy na'r amcan-gyfrifon gwreiddiol, credwn fod modd cyfiawnhau'r gwariant.

2.3 Gyda gwariant o $5.91 miliwn (4.29 miliwn Ewro ar brisiau Tachwedd 25, 2004) ychwanegol a 6 mis o waith yn y ddwy ganolfan, credwn fod modd dwyn y prosiect i ben a chyflawni dyheadau CONCOM.

3. Materion technegol

3.1 Ar y cyfan, profodd y problemau technegol yn haws i'w datrys nag yr oeddem wedi rhagdybio. Trwy gryfhau CC1 – y nano-gyfrifiadur canolog – a chynyddu ei gof o ffactor o dri, llwyddwyd i lwytho holl eirfa berthnasol y 12 iaith. Gydag ychydig rhagor o bŵer, byddai hefyd yn bosib cynnwys rhai o'r is-ieithoedd, fel ieithoedd Llychlyn. Yn unol â'r brîff, dilëwyd unrhyw briod-ddulliau neu ddefnydd idiomatig o iaith rhag achosi cymhlethdodau yn y prif wasanaethydd.

3.2 Yn yr adran Profion Ymarferol, rydym yn amlinellu'r un anhawster technegol sydd, hyd yma, wedi llesteirio'r gwaith. Gan fod y broblem hon wedi codi'n hwyr iawn yn y broses brofi, nid yw ein harbenigwyr eto wedi gallu ynysu'r nam ond, o wneud hynny, proses gymharol syml fydd ei gywiro.

4. Profion Ymarferol

4.1 Llwyddwyd i gwblhau Cam 1 a Cham 2 o'r profion yn llwyddiannus iawn, trwy gyfieithu Cytundeb Rhufain a holl ddogfennau sefydlu'r Cenhedloedd Unedig i bob un o'r 12 iaith, yn ôl ac ymlaen. Golyga hyn, dyweder, gyfieithu o Saesneg i Ffrangeg ac wedyn yn ôl i'r Saesneg gwreiddiol. Gyda rhai mân amrywiadau, llwyddwyd i gael croes-gyfieithiadau llwyddiannus iawn. Bydd modd dileu'r diffygion trwy ddefnyddio'r elfen CySôn yn y brif raglen gyfrifiadurol – bydd hon yn addasu'r dogfennau gwreiddiol i ddileu unrhyw eiriau problematig a gosod cyfystyron cyfieithiadwy yn eu lle. Yn ogystal â chyflawni amcanion y prosiect hwn, credwn y bydd hyn yn gyfraniad pwysig at ddatrys anawsterau rhyngwladol.

4.2 Cododd y brif broblem yn ystod Cam 3 wrth gyfieithu mân ddogfennau o sawl iaith wahanol, dogfennau a oedd yn ymdrin â nifer o bynciau amrywiol sy'n annhebygol o godi'n aml ond sy'n angenrheidiol eu trin er hynny. Hyd yn hyn, un ddogfen benodol mewn un iaith benodol sydd wedi creu'r anhawster. Er mai crynodeb o'r casgliadau yw hwn, credwn ei bod yn fuddiol amlinellu'r broblem mewn peth manylder:

4.2.1 Mae'r darn dogfennol anhylaw yn ymddangos mewn adroddiad ar ddarlledu ac adloniant yng Nghymru (rhan o'r Deyrnas Gyfunol). Gan fod y testunau wedi eu dewis ar hap, nid oedd y panel yn ymwybodol fod y ddogfen yn cynnwys elfennau o gyn-iaith (ieithoedd lleol sydd y tu allan i rychwant y prosiect hwn). O edrych yn ôl, camgymeriad oedd dewis dogfen o'r fath ond, ar y llaw arall, fe allai'r anhawster godi eto (yn enwedig gyda dogfennau hanesyddol) a chystal, felly, ei wynebu yn y cyfnod datblygu. Yn ddiddorol iawn, mae'r ddau anhawster a gododd yn ymwneud â ffurfiau ar un gair Eidalaidd.

4.2.2 Daw'r anhawster cyntaf mewn adran yn y ddogfen sy'n cyfeirio at ddyddiau cynnar sianel a sefydlwyd i wasanaethu'r is-grŵp ieithyddol yng Nghymru (sydd bellach yn is-grŵp cyn-iaith at ddiben y prosiect hwn). Yn yr ychydig baragraffau sy'n ymwneud â hyn, cyfeirir at swyddog o'r enw Mr Euryn Ogwen Williams, a adwaenir hefyd wrth yr enw Mr Euryn Ogwen. Am ryw reswm rhyfedd, wrth ddyfynnu o gyfweliad teledu a wnaed yn y cyfnod hwn (yn gynnar yn yr 1980au) cyfeirir at lysenw Mr Williams, 'Oggi'. Dyma, wrth gwrs, yw sillafiad y gair Eidalaidd am 'heddiw'. Er fod yr ynganiad yn wahanol ('g' galed yn y naill a meddal yn y llall, y sillafiad sy'n bwysig yng nghyswllt CyfRhwng). Hyd yn hyn, ar ôl gwneud rhai ymholiadau (arwynebol), methwyd â darganfod pwy yw'r Mr Euryn Ogwen Williams hwn na pha mor bwysig yw yng nghyd-destun y ddogfen dan sylw a datblygiad darlledu yn y Deyrnas Gyfunol. Felly, ni wyddom a fyddai'n bosibl ei ddileu.

4.2.3 Ymddengys yr ail anhawster mewn adran arall o'r un ddogfen, sy'n ymwneud â rhaglen deledu (ac, o bosibl, cyngerdd byw) o'r enw *Max Boyce Live at Treorchy* ar wasanaeth arall, BBC Wales (uned ranbarthol o'r BBC). Geill fod y bydd y broblem hon yn fwy difrifol, gan fod y rhaglen y cyfeirir ati yn yr iaith Saesneg. Ymddengys, er hynny, fod cyfeiriadau at elfennau diwylliannol Welsh sy'n cyfeirio mewn rhyw ffordd neu'i gilydd at y gyn-iaith y cyfeirir ati yn 4.2.1 neu yn deillio'n anuniongyrchol ohoni. (Mae hyn yn nodwedd anffodus mewn nifer o brif ieithoedd.) Mewn adroddiad swyddogol fel hwn, mae perygl i'r broblem ymddangos yn chwerthinllyd, ond mae'n ddiffyg technegol gwirioneddol. Yn ôl y ddogfen, defnyddir y gair 'Oggi' mewn patrwm triphlyg yn ystod rhai caneuon gan y canwr yn y rhaglen (yr eponymaidd Max Boyce) ac yn gyson trwy'r rhaglen (sillafiad y gair Eidalaidd am heddiw unwaith eto), wedi'i ddilyn yn aml gan batrwm triphlyg arall yn defnyddio'r sain 'oi'. (Mae hon hefyd yn sain gyffredin yn yr iaith Fandarin ond nid yw hynny wedi achosi problem gan fod dulliau llythrennu'r iaith honno mor wahanol – o leiaf, hyd nes y cwblheir y prosiect Di-Lyth.) I gymhlethu pethau ymhellach, cyfuniad o'r ddau batrwm triphlyg hyn yw'r is-deitl ar yr adran hon yn y ddogfen sydd, yn bennaf, yn delio â darlledu'r gêm rygbi undeb.

4.2.4 Oherwydd fod y gair 'oggi' yn air Eidalaidd dilys, cafwyd fod y sain/sillafiad hwn, yn y cyd-destunau eraill hyn, yn cael ei gyfieithu i'r ieithoedd eraill gyda'r ystyr 'heddiw'. Yn fwy difrifol, oherwydd fod y data wedi ei gadw ar CC1, yn hytrach nag is-gyfrifiadur, sylweddolwyd fod y gair 'oggi' mewn dogfennau Eidalaidd yn cael ei droi yn 'Mr Euryn Ogwen Williams' (neu, weithiau, yn 'Mr Euryn Ogwen') yn yr ieithoedd eraill. Ar ddau achlysur, lle'r oedd y gair dilys 'oggi' yn ymddangos fwy nag unwaith yn yr un frawddeg, ymddangosodd yn yr ieithoedd eraill fel croesgyfeiriad a dolen gyfrifiadurol i'r adran ar 'Max Boyce Live at Treorchy' yn y ddogfen brawf.

4.2.5 Oherwydd fod y fersiynau annilys yn deillio o gyn-iaith (neu amrywiadau mewn prif iaith) ac felly heb eu cynnwys ym mhrif Lecsicon CC1, nid yw CySôn yn effeithiol.

5. Datrys yr Anhawster

5.1 Awgrym pryfoclyd un aelod o'r panel oedd gofyn i Mr Euryn Ogwen Williams newid ei enw ond nodwyd, ysywaeth, fod 'Max Boyce Live at Treorchy' yn bod ac na ellir ei dileu.

5.2 Byddai'n dechnegol bosibl i gynnwys geiriau o gyn-ieithoedd ar y Lecsicon (rhai gyda mwy na 250,000 o siaradwyr, dyweder) ond mae pedwar prif wrthwynebiad i hyn.

5.2.1 Byddai'n gostus iawn (nid ydym yn credu fod y syniad yn teilyngu ei brisio'n fanwl ond byddai'r gost gyfan yn rhai miliynau o ddoleri).

5.2.2 Byddai'r problemau technegol o groes-gyfieithu, efallai, yn arwain at broblemau technegol pellach.

5.2.3 Gallai problemau tebyg godi gyda chyn-ieithoedd sy'n llai fyth.

5.2.4 Byddai'n tanseilio holl fwriad Prosiect CyfRhwng o sicrhau Cydystyriaeth ymhlith holl ieithoedd a diwylliannau'r byd.

6. Symud ymlaen

6.1 Ar sail y gwaith ymchwiliadol cychwynnol a wnaed gan ein harbenigwyr, credwn fod ateb cymharol syml i'r broblem. Dywed y peirianwyr cyfrifiadurol yn Adain CfC2 fod modd datblygu ffilter effeithiol a fyddai'n dileu unrhyw enghreifftiau o gyn-ieithoedd neu is-ffurfiau sy'n deillio ohonynt.

7. Crynhoi

Byddai cwblhau'r prosiect yn ddatblygiad o bwys wrth gynhyrchu dogfennau swyddogol safonol ac, yn y pen draw, yn datblygu'n uwch-iaith rithiol a all osod yr un rheoliadau ar ddefnydd iaith trwy'r byd, gan sicrhau cytgord cyfathrebu a hwyluso masnach. Credwn yn ddiysgog yn y cysyniad hwn a gofynnwn am yr ychydig adnoddau ac amser ychwanegol sydd eu hangen i'w ddwyn i ben yn llwyddiannus.

A.P.
Tachwedd, 2004

Dêt

Yn rhyfedd iawn, roedd hi'n fwy gofalus nag arfer wrth baratoi.

Awr a mwy cyn bod wirioneddol raid, roedd hi wedi eistedd wrth y drych yng nghornel ei hystafell wely i weithio ar ei gwallt a'i cholur. A doedd dim pwynt gwadu ei bod hi'n nerfus.

Roedd yna lawer o bobl wedi trio disgrifio'r teimlad – pilipala, cwlwm yn y perfedd – ond doedd neb wedi gallu dal y cyfuniad o bwysau a chryndod yn nwfn y stumog.

Y gamp, fel arfer, oedd taro'r balans iawn rhwng diniweidrwydd a phrofiad, ond fod hynny, y tro yma, yn fwy anodd nag arfer. Bron nad oedd hi'n teimlo fel rhoi'r gorau i'r holl beth.

Codi ei gwallt wnaeth hi yn y diwedd, a'i gadw yn ei le gyda'r clip enamel lliwgar o Forocco. Roedd hynny'n rhoi cyfle iddi wisgo'r cylchoedd arian yn glustdlysau; fel arfer, roedd hi'n teimlo eu bod nhw'n rhy fawr, a thrwsgl hyd yn oed, ond heno roedd angen bod yn drawiadol a hyderus. Neu, o leia, rhoi argraff o hynny.

Roedd colur yn fwy anodd. Dim ond yng ngolau dydd yr oedd hi wedi bod yn y lle, i gael cip arno ymlaen llaw, a doedd ganddi hi ddim syniad sut oleuadau fyddai yno fin nos – rhai tawel neu lachar.

Wyddai hi ddim sut fath o beth y byddai yntau'n ei

hoffi. Mi wenodd arni ei hun yn y drych, am fod mor wirion.

Bod yn drefnus oedd bwysica. Gwneud yn siŵr fod popeth yn ei le. Mynd trwy'r cyfan fesul cam yn ei feddwl ymlaen llaw. Bod yn barod am unrhyw drafferthion.

Roedd rhaid edrych yn dda, wrth gwrs. Bod ar ei orau a mwya hawddgar rhag codi unrhyw amheuon. Siwt, ond dim tei. Roedd tei yn llawer rhy ffurfiol ar gyfer y Tavola, yn enwedig gan ei fod wedi awgrymu clwb nos wedi hynny, wrth drafod ar y ffôn. Twyll neu beidio, roedd angen cynnal y celwydd.

Nid nerfus oedd o, dim ond awyddus i wneud yn siŵr fod popeth yn digwydd yn iawn a'u bod yn cael y rhaglen berffaith. Os oedd y pethau technegol y tu hwnt i'w reolaeth o, roedd hi'n hanfodol ei fod yn cael y gweddill yn iawn ... datblygu'r sgwrs yn ara, o'r mân siarad i'r stwff difrifol.

Dim ond ychydig o *gel* yn y gwallt. Dim cymaint ag yn yr hen ddyddiau wrth fynd i'r dre i chwilio genod – tiwb cyfan, bron, ar y tro – ond digon i roi'r argraff o ddyn profiadol oedd yn dal i chwilio am hwyl.

Chwilio am hogan yr oedd o, wedi'r cyfan, ond fod hyn wedi'i drefnu'n ofalus.

Fedrai hi ddim peidio â cheisio dyfalu sut un oedd o, er fod hynny, eto, yn beth hollol wirion i'w wneud. Bleind dêt oedd bleind dêt a'r pwyslais ar beidio â gwybod ymlaen llaw.

Roedd hi wedi cael ei themtio i drio ffeindio rhywbeth

amdano – mi fyddai hynny'n gwbl bosib iddi hi a'i chysylltiadau yn y gwaith. Ond gwell fyddai peidio. Roedd hi'n bwysicach cael y profiad yn llawn a theimlo'r cynnwrf.

Roedd hi, fel arfer, yn falch o'i gallu i roi colur, ei chyffyrddiad yn ysgafn a'i chwaeth yn sicr. Y tro yma, mi wnaeth hi smonach ohoni. Fwy nag unwaith. Er mor wirion oedd hynny, roedd hi fel merch fach yn paratoi am ei noson gynta allan.

Trio tynnu sylw at ei hesgyrn y byddai hi. Defnyddio mymryn o liw i gryfhau eu siâp o dan ymchwydd ei boch a chyffyrddiad ysgafn o dan ei llygaid i wneud iddyn nhw edrych yn fwy.

Yn sydyn, o rywle, mi ddaeth y llun i'w meddwl o'i dêt cynta go iawn. Disgo ysgol, snòg fach sydyn ar y ffordd allan a chytundeb i gyfarfod nos Sadwrn. Ofnadwy o hen ffasiwn.

Trefnu i gyfarfod i lawr wrth yr harbwr wnaethon nhw. Rhag i neb o'i ffrindiau ef eu gweld nhw. Mi fuodd allan y prynhawn hwnnw'n cael dillad o New Look . . . top bach pinc efo ymyl oren; roedd hi'n gallu ei weld y funud yma, yn gallu ei deimlo bron yn ysgafn ar ei chroen. Sgert hefyd, y fyrra yr oedd hi wedi'i mentro erioed, yn anghyfarwydd o dynn wrth gerdded.

Ac yn y diwedd, ddaeth o ddim. Hyd yn oed heddiw, roedd hi'n gallu teimlo'r siom. Mi gymerodd fisoedd, blynyddoedd efallai, i ddod dros y peth yn llwyr. Chwerthinllyd, o edrych yn ôl; truenus hyd yn oed.

Dim ond ei gwaith oedd wedi rhoi croen caled iddi. Doedd neb wedi disgwyl iddi fynd yn newyddiadur-wraig, ac roedd hi weithiau yn ei synnu ei hun. Ond er ei

103

bod wedi magu croen caled yn ei gwaith, roedd pethau personol yn wahanol o hyd. Mynd efo dynion, er enghraifft.

Ei llygaid yr oedd hi'n eu licio leia. Roedden nhw'n rhy gul ac yn gallu edrych yn galed. Heno, o bob nos, roedd angen edrych yn feddal; yn ddynes oedd yn gwybod ei ffordd o gwmpas y lle, ond yn feddal ac agored, er hynny.

Roedd yna flynyddoedd ers iddi orfod meddwl fel hyn, am fod yn ddeniadol i rywun dieithr.

Disgwyl dynes fregus yr oedd o. Un oedd yn awyddus am ddyn. Ar ôl cyfnod heb yr un, efallai. Am argraff felly yr oedd o wedi chwilio wrth ddarllen yn fanwl trwy'r cynigion. Fel byseddu trwy gatalog Argos.

Doedd y disgrifiad ohono'i hun ddim yn hollol gelwyddog. Gorliwio rhinweddau, o bosib, ond dyna fyddech chi'n ei ddisgwyl wrth drefnu bleind dêt – rhoi'r pethau gorau yn y ffenest.

Y pethau oedd yn cael eu hepgor oedd fwya allweddol. Fyddech chi ddim yn cyfadde eich bod yn alcoholig, neu wedi gadael eich gwraig gynta ar ôl ei churo, neu eich bod newydd ddod allan o'r carchar. Gêm oedd hi wedi'r cyfan, a phawb yn dallt y rheolau.

Doedd dim angen teimlo'n euog, felly. Roedd unrhyw un oedd yn chwilio am gariad trwy asiantaeth a hysbyseb bapur newydd yn gwybod y sgôr, neu'n rhy ddespret i boeni.

Roedd rhaid iddo yntau ddarllen rhwng y llinellau, wrth ddewis. Trio teimlo'r awydd y tu ôl i'r geiriau a thrio gweld arlliw o unigrwydd yn y llygaid yn y llun. Dim ond gobeithio ei bod hi wedi anfon llun go iawn.

Meg oedd ei henw hi. Roedd wedi gwneud yn hollol siŵr ei fod yn cofio'r enw. Jyst dros ei deg ar hugain. Digon smart ond heb fod yn fodel, chwaith. Mi fyddai hynny'n ormod i'w ddisgwyl. Gweithio mewn swyddfa, ond dim manylion pellach. Mi fyddai'n rhaid holi am hynny yn ystod y sgwrs, er mwyn cael darlun cyfan.

Pam oedd hi'n gwneud hyn? Dyna fyddai hanfod y rhaglen. Pam oedd dynes yn fodlon cynnig ei hun mewn hysbyseb? 'Cyfeillgarwch – ac efallai mwy.' Dyna oedd y geiriau setlodd bethau. 'Efallai' o ddiawl. Roedd yr hysbysebion yn llawn o fformiwlas geiriau, yn swnio'n ddiniwed ond yn golygu llawer mwy. 'I gael amser da' oedd y clinshar yn ei hysbyseb yntau.

Roedd hi'n anodd credu fod cynifer wedi ateb. A rhai ymhell dros y top. Yn ddigon i wneud i byrfat gochi. Yn rhy ddrwg hyd yn oed i'w gosod ar wal y swyddfa pan fyddai'r cyfan drosodd. Eraill yn swnio'n hollol ddiniwed, heb amgyffred beth oedd y gêm. A rhai, fel Meg, yn chwilio o ddifri am ychydig o gyffro, yn ysu am gael eu defnyddio.

Roedd o'n uffar o syniad da. Anodd. Yn gofyn am lot o waith trefnu. Ond mi fyddai'n gwneud clincar o raglen. Roedd o'n dechrau teimlo'r cynnwrf. Y gamp – ei gamp o – fyddai ei chael hi i gytuno i fynd yr holl ffordd cyn datgelu'r cyfan.

Caled arni hi, efallai. Ond teledu grêt.

Roedd hi'n rhyfedd pa mor anodd oedd dewis dillad hefyd. Ar ddêt cynta, mi allech chi feddwl mai dillad gorau fyddai'r ateb, ond roedd yna beryg hefyd o roi'r argraff o drio'n rhy galed. Yn enwedig heno, pan oedd llwyddo mor bwysig.

Gwirion, gwirion, gwirion, meddyliodd, wrth roi cynnig ar un peth ar ôl y llall a'u gadael nhw'n bentwr ar gornel y gwely. Roedd hi'n teimlo fymryn yn anniddig; fel arfer, doedd dewis dillad ddim yn broblem, a hithau'n hollol sicr yn ei chwaeth ei hun.

Y ffrog fach las oedd yr ateb. Fersiwn mwy rhamantus o'r ffrog fach ddu ddibynadwy. Yn ddigon byr i gynnig addewid ond yn ddigon sidêt i ddal ychydig yn ôl, yn ddigon isel i ddangos ymchwydd bronnau ond heb eu stwffio i wyneb neb.

Teits neu beidio? Mi gafodd Hamlet yr un broblem. Penderfynu mynd hebddyn nhw wnaeth hi a gobeithio fod lliw haul y gwanwyn yn ddigon o hyd. Efallai y dylai hi fod wedi mynd am sesiwn ar wely haul ond roedd hi'n ofnus i wneud rhywbeth felly. Yn rhy ofnus i fynd am dàn ffug, ond yn ddigon mentrus i drefnu i weld dyn, heb wybod fawr ddim amdano.

Doedd hi ddim yn credu'r manylion ar y daflen . . . na'r llun chwaith o ran hynny. Roedd Marian yn y swyddfa wrth ei bodd yn cynnig ei llun ei hun iddi hithau gael ei ddefnyddio. Fel y byddech chi'n disgwyl gan Marian, roedd hi'n meddwl fod y cyfan yn jôc fawr ac roedd y ddwy'n ddigon tebyg iddi allu esgus mai twyll y camera oedd wedi gwneud iddi edrych ychydig yn fwy prydferth.

Pa mor bell fyddai hi'n gorfod mynd? Roedd y mobeil ganddi rhag ofn i bethau fynd yn flêr, a fyddai Catrin ddim ymhell. Roedd y gwybodusion wastad yn dweud y dylech chi fod â ffrind wrth law, ac roedd Catrin yn fwy na ffrind.

Ond doedd hynny ddim yn help wrth feddwl sut i ymddwyn. Sut allwch chi gynllunio i'ch gwneud eich hun yn ddeniadol, i apelio at rywun arall? Pa mor ymwthiol ddylai hi fod, pa mor rhywiol, pa mor chwareus? Doedd hi ddim eisio colli'r cyfle. Dim ond un cyfle oedd yna, beryg.

Damia'r necles yma. Roedd hi wastad yn anodd i'w chau, a chithau'n methu dal y bachyn bach ar agor yn ddigon hir i lithro'r ddolen trosto. Roedd hi'n fwy anodd byth pan oedd y bysedd yn crynu.

Reit, dyna ni. Amser mynd.

Roedd hi'n well gwneud hyn o westy. Roedd yna rywbeth mwy amhersonol yn y peth. Nid y fo'i hun oedd hwn, ond newyddiadurwr materion cyfoes yn gwneud ei waith. Yn profi mai math o buteindy hyd-braich oedd yr holl fusnes.

Tjecio fod popeth yn barod. Y tri chamera bach yn eu lle. Un yn y larwm tân i roi shot o'r stafell i gyd. Un yng nghanol gajets technegol y teledu a'r peiriant fideo, ac un yn y golau wrth y gwely. Roedd y dechnoleg yn rhyfeddol erbyn hyn, yn trawsnewid gwaith teledu.

Roedd yn rhaid dod i ddinas ddiarth. Jyst rhag ofn y byddai'r ddynes wedi'i weld ar raglen deledu rywdro. Mi fyddai llawer mwy yn ei adnabod ar ôl hyn – roedd hon yn fwy na rhaglen ranbarthol, yn sicr o'i gwneud hi i'r rhwydwaith.

Mi fyddai'r car yn galw mewn munud efo Geoff yn barod i roi cyfarwyddiadau munud ola. Roedden nhw wedi gwneud sawl eitem glyfar cyn hyn, ond hon oedd yr orau eto. Realiti go iawn.

Nid ar hap y dewison nhw Gaerdydd. Roedd Geoff yn gyfarwydd â'r lle ers bod yno yn y coleg. Roedd y ddinas wedi newid llawer ers hynny, ond dyna ran o ogoniant y peth. Fel y merched eu hunain, roedd yna rywbeth despret am y ffordd yr oedd hi'n trio edrych yn dda ac yn trio denu sylw. Y gobaith arall oedd y byddai pobl yn llai drwgdybus.

Doedd dim angen rhagor o siarad, mewn gwirionedd. Roedd pawb yn gwybod eu gwaith. Erbyn hyn mi fyddai'r camerâu bach yn eu lle yn y Tavola hefyd a'r monitors yn barod yn y stafell wrth ochr y gegin. Chwarae teg, roedd Aldo, neu beth bynnag oedd ei enw fo, wedi bod yn rhyfeddol o barod i helpu. Ond roedd o'n sylw iddyn nhwthau. Hyd yn oed petai pobl yn meddwl fod y cyfan yn dric dan din, mi fydden nhw'n heidio yno i fwyta.

Roedd y meic yn iawn. Oedd, mi roedd o'n gallu symud ei fraich yn hollol naturiol heb i'r wifren dynnu. Doedd y transfformar bach ddim yn dangos chwaith, yn gyfforddus yn y boced tu mewn. Dim ond gwneud yn siŵr nad oedd Meg yn mynd amdano fo'n rhy gynnar.

Mi fuodd hi'n ystyried tynnu'n ôl. Gwiriondeb oedd meddwl y byddai'r peth yn gweithio.

Yn rhyfeddach fyth, mi fuodd hi'n dychmygu sut fyddai pethau pe baen nhw'n clicio. Carwriaeth go iawn . . . nosweithiau allan, tai bwyta da, gwyliau ecsotig yn rhywle. Callia.

Ond tybed beth roedd o'n ei feddwl? Beth oedd yn

gwneud i ddyn fynd i chwilio am ddynes fel hyn, heb wybod dim amdani? Roedd dynion yn gallu gwneud pethau felly . . . a merched hefyd, mae'n amlwg.

Fo oedd wedi dewis y Tavola. Ddim y lle amlyca i fynd, ond cystal gadael iddo fo deimlo'i fod o'n rheoli. Ac roedd Catrin wedi trefnu y byddai hithau'n cael bwrdd gerllaw, heb fod mewn lle rhy amlwg. Roedd Aldo'n ddigon parod i wneud hynny, yn deall y sefyllfa'n llwyr.

Felly, roedd popeth yn iawn. Doedd dim angen bod ar binnau, dim ond mynd amdani.

Iawn. Dyna ni. Cystal ag y gallai hi wneud. Gwneud pethau'n waeth fyddai rhagor o ffidlan. Mi fyddai'r tacsi yn galw mewn chwinciad. Un alwad cyn mynd.

Catrin? Ti'n barod? Mi fydda i'n cychwyn yno 'mhen rhyw bum munud. Ydi, mae'r peiriant tâp yn iawn, diolch. Jyst gofala di am dy ochr di o bethau. Oes gen ti ffilm yn dy gamera, er enghraifft? Mi wela i di wedyn yn y swyddfa i drafod sut i wneud y stori. Mi hoeliwn ni'r bastads tro 'ma.

Cwlwm

Roedd o'n digwydd bob tro. Bob tro yr oedd yn clymu carrai, mi fyddai'n cofio sŵn y plant yn chwarae ar iard yr ysgol. Amser cinio oedd hi, mae'n rhaid, achos roedd oglau bwyd yn y gwynt.

Roedd hynny'n digwydd yn aml: un profiad yn cael ei gysylltu am byth efo teimlad neu atgof arall.

Yng nghornel yr iard yr oedden nhw ac yntau wedi syrthio ar ei hyd ar ôl cwympo tros garrai agored. A Miss Hughes yn dod i'w helpu.

'Eu troi nhw o gwmpas ei gilydd, fel hyn, weldi.' Yn union fel yr oedd yn ei wneud rŵan. Yr un symudiadau'n union, ond careiau gwahanol.

Cyn hynny, rhywun arall fyddai'n cau ei gareiau bob tro. Miss Hughes oedd y gynta i drio'i ddysgu'n iawn.

'Wedyn cymryd hwn yn dy law dde, ia, 'na chdi, hogyn da. Na, na . . . jyst fel'na . . . a hwn yn y llaw arall.'

Dyna pryd yr oedd sŵn yr iard yn dod yn ôl i'w glustiau. Sŵn y bechgyn mawr yn y pellter yn chwarae British an' Jyrmans a'r merched, yn llawer nes, yn llafarganu wrth sgipio.

'Hwn wedyn, yn y llaw chwith . . . fel'ma . . . rownd, ac o dano fo ac wedyn tynnu'n dynn. Wel, da iawn. Da iawn chdi . . . rŵan am y llall.'

Roedd o'n dal i deimlo'i fysedd yn drwsgl fel yr oedd

o'r tro cynta hwnnw. Fuodd o rioed fawr o foi am glymau. Doedd yna ddim Boi Sgowts yn y pentre.

'Ti'n gweld y ddolen 'ma, yn dwyt, yr un ti newydd ei gwneud? Reit 'ta, y darn rhydd rownd honno . . . 'na chdi . . . a thrwodd a thynnu'n dynn unwaith eto.'

Hyd yn oed heddiw, dyna sut yr oedd o'n clymu carrai. Ddysgodd o erioed sut i wneud y ddwy ddolen yr un pryd. Roedd hi fel petai o mor falch bryd hynny o ddysgu'r dull ara, fel nad aeth o i drafferthu ymhellach.

'Wel dyna chdi! Wedi clymu dy gareiau dy hun am y tro cynta erioed!'

A dyma fo rŵan yn eu clymu nhw eto.

Hanner gwên rhyngddo a'i hun wrth gofio mai byr iawn oedd oes y cwlwm cynta hwnnw. Mi faglodd tros ei gareiau wedyn cyn diwedd amser cinio.

Roedd y careiau'n dynnach y tro yma. Yn llawer mwy tynn. Roedd y masg lledr yn ei le ac yntau'n barod i chwarae.

Terfysgwr

Doedd o ddim wedi disgwyl i'r ffôn poced ganu. Doedd o ddim wedi meddwl ei ddiffodd. Wedi cynllunio popeth arall yn fanwl ofalus, ond wedi anghofio'n llwyr am y ffôn. Twp, diofal. Maen nhw'n eich rhybuddio chi i ddiffodd pob ffôn mewn theatr neu sinema, ond does neb yn meddwl eich atgoffa pan fyddwch chi'n barod i danio bom.

Estynnodd, heb edrych, am ei boced ucha a theimlo'r botymau cyfarwydd a'u gwasgu fesul un. Roedd o wedi'i ddiffodd. Mi fyddai'n wallgo iddo ateb; mi allai galwad felly gael ei holrhain yn syth ac arwain y trywydd ato. Ond, eto, fel efo pob ffôn erioed, beth bynnag yr amgylchiadau, roedd yna ysfa i ateb. Tybed a allai galwad ffôn amharu ar y signal radio neu hyd yn oed achosi'r ffrwydrad? Dim ond llithro i mewn i'w feddwl ac allan wedyn a wnaeth y syniad, wrth iddo godi'r sbiendrych bach at ei lygaid unwaith eto.

Roedd yna rywfaint o symud o amgylch drws yr orsaf ond roedd hi'n anodd dweud ai pobl gyffredin oedd yn mynd a dod neu a oedd Barzali ar fin cyrraedd. Mi ddaliodd i edrych am funud neu ddau cyn penderfynu ei bod hi'n rhy gynnar i bethau ddechrau digwydd. Pum munud, o leia, falle ddeg.

Roedd hi'n rhyfedd pa mor dawel ei feddwl oedd o. Fel yr eiliadau yna cyn damwain car pan fydd popeth wedi ei rewi a'r ymennydd yn anarferol o glir . . . pob symudiad yn cymryd hydoedd a chithau bron yn eich gweld eich hun o'r tu allan yn meddwl ac yn gweithredu. Mi ddylai fod yn crynu ar ôl cymaint o amser yn aros am y cyfle, ond doedd o ddim.

Doedd o ddim yn teimlo unrhyw gasineb chwaith. Roedd hynny'n rhyfedd hefyd. Doedd yna ddim emosiwn, dim ond bwriad. Efallai nad oedd o'n rhyfedd chwaith. Ar ôl deunaw mis, mae hyd yn oed cynllunio i ladd dyn yn mynd yn ffordd o fyw. Dim ond gorffen pethau oedd eisio bellach.

Mi fyddai trên Barzali yn cyrraedd am un ar ddeg y bore. Roedd o wedi gadael y ddinas i'r funud. Dyna oedd yr alwad ddiwetha ar y ffôn bach, i ddweud fod popeth yn digwydd yn union yn ôl y disgwyl. Ar ôl honno yr oedd o wedi anghofio diffodd. Hollol wirion. Ond roedd popeth yn iawn unwaith eto.

Mi ddylai fod wrth ei fodd. Yn nerfus, ond wrth ei fodd. Roedd o ar fin cael gwared ar ddyn oedd wedi chwarae mig efo llywodraethau'r Gorllewin ers pum mlynedd a mwy, ar fin lladd dyn oedd wedi llofruddio cannoedd trwy ei rwydwaith o derfysgwyr. Roedd yna eraill yn y cynllwyn, wrth gwrs, ond y fo oedd yn tanio'r bom, yn anfon y neges radio.

Trwy'r sbienddrych eto mi allai weld un neu ddau o swyddogion yn symud yn bwysig ar y platfform, yn paratoi am ddyfodiad trên. Dim ond tri neu bedwar oedd yn dod i'r dref anghysbell yma bob dydd, a dim ond un o'r ddinas. Peth rhyfedd nad oedd Barzali ei hun wedi meddwl am hynny, a gweld fod y daith yn beryg.

Mi ddylai fod yn gorfoleddu. Nid fod lluniau o derfysg

yn cael llawer o effaith arno bellach, na mamau'n rhincian dannedd o flaen camerâu teledu. Roedd pawb wedi eu gweld nhw'n rhy aml iddyn nhw siglo fawr neb bellach. Roedd pobl yn cael eu dychryn, oedden, ond dim ond fel y dychryn mewn ffilm arswyd neu stori antur. Ac, ar ôl blynyddoedd o weld y lluniau a'r digwyddiadau yn y cnawd – yn y cnawd, coch, gwaedlyd, seimllyd, drewllyd, hyll – nid dyna oedd yn ei yrru.

Erbyn hyn, roedd yna symud mawr ar y platfform ac un neu ddau o ddynion arfog wedi ymddangos yn sydyn o rywle. Nid milwyr, ond cefnogwyr Barzali, yn symud pobl yn ôl, yn ddigon brwnt wrth wthio ambell hen wraig o'r neilltu. Hyd yn oed o'r pellter hwnnw, roedd hi'n bosib gweld y bygythiad a'r trahauster yn eu hystumiau. Symud yn ufudd wnaeth pawb, wedi hen arfer cael eu gwthio gan y naill ochr neu'r llall, fel broc môr ar frig y llanw. Wedyn edrych yn fwy eiddgar, neu bryderus, nag arfer i gyfeiriad y trên. Dyna'r adwaith i drên ymhobman, disgwylgarwch neu ofn.

Anna oedd y prif reswm tros deimlo'n orfoleddus. Ond fedrai o ddim fforddio'r emosiwn hwnnw hyd yn oed. Efallai nad oedd yn teimlo dim am hynny chwaith erbyn hyn mewn gwirionedd, fel poen sy'n hen gyfarwydd. Dim ond ar ôl hyn, ar ôl iddi ddod yn rhydd a dod gartre'n iawn eto, y byddai'n sylweddoli cymaint yr oedd wedi brifo.

Hyd yn oed cyn ei weld, roedd yn gwybod fod y trên ar fin cyrraedd. Hyd yn oed cyn i neb arall ei weld, roedd y bobl ar y platfform hefyd yn gwybod ei fod yn dod. Peth rhyfedd ydi hynny, fel anifeiliaid yn synhwyro storm, mae yna rywbeth yn newid yn y gwynt neu ansawdd yr awyr. Rhyw sŵn na fedrwch chi ei glywed, fel gwybod fod ffôn am ganu yr eiliad cyn iddo wneud. Ac mi ddaeth, yn llyfn o amgylch y tro ac aros yn esmwyth wrth y platfform, fel unrhyw drên arall diniwed. O'i weld felly, fyddech chi'n breuddwydio dim fod rhywun fel Barzali arno.

Fyddai pethau ddim yn hawdd. Dyn a ŵyr sut y byddai Anna'n ymateb yn union wedyn. Mi fyddai'n cymryd wythnosau, misoedd, blynyddoedd falle, cyn i bopeth ddod yn ôl i'w le. Ond, o leia, wedi hyn i gyd, mi fyddai ganddo'r amser i'w roi i'w helpu. Ac arian i wneud pethau'n haws.

Dim ond un neu ddau o'r drysau tua cefn y trên a agorodd i ddechrau ac, yn gomic bron, mi stryffagliodd rhai o'r bobl leol allan. Yr hen ddyn efo'i fag a'i gadair draeth yn ffoadur o fyd arall; hen wraig yn ei du. Un fam a phlentyn, a'i sgarff wedi'i glymu'n dynn o amgylch ei phen. Doedd dim disgwyl i Barzali ddod allan, na neb o'i ddynion chwaith, ond mi fu raid iddo aros am dipyn cyn gweld Idram yn camu o un o'r cerbydau tua'r blaen, yn arwydd fod y cynllwyn yn gweithio.

Diolch byth, fyddai Anna'n gwybod dim mai fo oedd wedi lladd Barzali. Hyd yn oed rŵan, ar ôl gwybod be oedd yr Arweinydd yn ei wneud, roedd hi'n dal i hanner ei addoli. Anna druan. Fyddai hi ddim yn gwybod mai hi oedd wedi rhoi'r manylion allweddol. Wedi creu'r cyfle, gosod y targed, heb yn wybod.

Mynd am y ffordd allan wnaeth Idram, yn ôl y drefn, heb edrych i'w gyfeiriad na rhoi unrhyw amnaid. Dyna'r unig ffordd. Mi fyddai wedi gadael y dref o fewn ychydig funudau, heb aros i wybod a wnaeth y llofruddiaeth weithio. Efallai y byddai'n clywed sŵn ffrwydrad yn y pellter, ond fyddai Idram yn cymryd dim sylw nac yn holi neb na dim nes cyrraedd yn ôl i'r ddinas ac efallai wylio'r newyddion ar sgrin deledu mewn bar yn rhywle ac esgus fod y cyfan yn syndod.

Be oedd Anna'n ei wneud rŵan tybed? Byddai'n ei ffonio ar ôl y weithred. Efallai y dylai deimlo'n euog am ddefnyddio'i ferch, a'i thwyllo, ond dyna'i waith, a dyna'r ffordd i'w hachub hithau.

Dim ond am bum munud yr oedd y trên i fod i aros yn yr orsaf. Doedd neb yn cael mynd arno. Ar waetha'u hanner-protestio gwangalon, roedd y teithwyr lleol yn cael eu gwthio'n ôl a holl ddrysau'r cerbydau wedi cau'n glep unwaith eto.

Doedd Anna ddim yn gwybod ei fod ar drywydd Barzali, na hyd yn oed ei fod yn gweithio ers tro i'r Lluoedd Diogelwch. Rhyw waith diafael fu ganddo erioed, yn prynu a gwerthu a gwneud ambell ddêl amheus; doedd esbonio'i symudiadau ddim yn anodd, hyd yn oed pan oedd hi'n gofyn. A doedd pobl leol ddim wedi amau gormod pan ddaeth yn ddieithryn i'w canol ac actio'r meddwyn di-ddal yn byw ar hen arian ei deulu. Y ffordd orau o guddio bob tro yw bodloni disgwyliadau pobl.

Ar ben y pum munud, mi fyddai'r trên yn dechrau tynnu i fyny'r rhiw raddol o'r orsaf a rhwng y tai shanti ar ymyl y lein. Mi fyddai'r cerbydau'n crynu'n hegar ddwy waith wrth yrru tros reiliau anwastad; roedd wedi gweld dwsinau o drenau'n gwneud yr un peth yn ystod ei wythnosau o wylio. Mi fyddai ganddo yntau chwe munud a hanner wedyn cyn anfon y neges radio.

Roedd yna deimlad ar y dechrau wrth gwrs. Siom, dicter, ffyrnigrwydd. Pan welodd Anna'n llithro o'i afael ac yn dod dan ddylanwad Barzali. Trwyddo fo yr oedd y ddau wedi cwrdd, yn y dyddiau pan lwyddodd i fynd yn agos at y dyn ei hun. Roedd o wedi trio'i rhybuddio hi wedyn, heb allu dweud yn agored pam. Rŵan, roedd yr eironi'n dyblu, a Barzali, trwy Anna, ar y trên i uffern.

Y sgytiad cynta – pedwar munud a thri chwarter cyn y byddai'r trên yn pasio tros y bont, gerllaw gweddillion yr hen ffatri. Bron na fedrai eisoes ddychmygu'r distiau mawr dur yn sigo'n sydyn a'r cerbydau'n diferu fesul un i'r afon. Mi fyddai yntau ar ei ffordd erbyn hynny, yn dilyn y lonydd cefn yn ôl i'r hen ffermdy oedd yn gartre iddo ers dechrau'r deunaw mis.

Ddeallodd o erioed yn iawn sut y cafodd Anna'i thynnu i gredu yn yr Achos. Neu o leia i gredu ei bod hi'n credu. I rywun fel fo, yn edrych o'r tu allan, roedd y cyfan yn amlwg, yn ddieflig. Roedd o'n dal i gofio'r arswyd yn codi drosto wrth sylweddoli fod Anna wedi'i dal, fel degau o bobl ifanc eraill. Anna. Mi ddylai hi wybod yn well.

Yr ail sgytiad. Tri munud ac ugain eiliad. Mi fyddai yna rai pobl ddiniwed yn marw, wrth gwrs, ond doedd dim help am hynny. Mi fyddai Barzali wedi mynd, ac efo fo, ei fudiad. Am dro, roedd hi wedi siwtio'r awdurdodau i'w swcro fo ond, fel erioed, mi drodd yr anifail anwes yn fwystfil.

Doedd Anna ddim yn gwybod ei fod o'n gwybod. Roedd hi'n dal i drio esgus mai gweithio i ddyn busnes yr oedd hi, yn gynorthwy-ydd personol ... ond roedd hi'n un wael am dwyllo. Roedd rhaid iddo yntau adael iddi gredu ei bod hi'n llwyddo ac nad oedd o'n sylweddoli ei bod hi'n agos at Barzali. Pa mor agos? Doedd arno fo ddim eisio gwybod.

Pen y rhiw. Ychydig dros ddau funud. Ond roedd popeth yn ei le. Dim ond gwylio oedd eisio ac aros am yr union eiliad. Yn y pedwerydd cerbyd yr oedd Barzali a'i ddynion. Dyna'r ddealltwriaeth, ac mi fyddai Idram wedi dangos pe bai pethau wedi newid. Gadael i'r trydydd cerbyd basio tros y ffrwydryn cynta ac yna mynd amdani.

Yn y ddinas yr oedd Anna, siŵr o fod. Dyna'i chynllun hi pan ddatgelodd hi'r wybodaeth allweddol. Mi fyddai ganddi ddeuddydd neu ddau'n rhydd, meddai wrtho; roedd y bòs yn mynd i'r wlad. Dyna biti na fedrai o ddod i lawr i'w gweld hi, meddai yntau, ond roedd ganddo fo bethau i'w gwneud.

Erbyn hyn, mae'n siŵr fod y gyrrwr yn gallu gweld y bont, yn codi'n sgerbwd dur uwchben blerwch yr adeiladau. Efallai fod ganddo wraig. Efallai fod ganddo ferch, a oedd ar fin bod yn amddifad.

Pan ddywedodd Anna am y daith, roedd rhaid ymddangos yn ddi-hid, fel petai'r wybodaeth o fawr ddim diddordeb iddo. Ond roedd y siom o fethu â chwrdd yn siom o ddifri; anaml yr oedden nhw'n gweld ei gilydd yn iawn bellach ac roedd y twyll o'r ddwy ochr wedi creu rhwystr rhyngddyn nhw.

Munud cyfan i fynd. A dyna pryd y meddyliodd eto am y ffôn. Tybed pwy oedd wedi galw?

Roedd y peth yn hollol wallgo ac eto, rhywsut, yn hollol resymegol. Roedd rhaid gwybod pwy. A'i lygaid yn dal ar y trên, mi symudodd ei law yn ara i'r boced dop a theimlo'r peiriant bach yn llithro i gledr ei law chwith. Pwyso'r botymau heb edrych, a'i law dde erbyn hynny yn cyffwrdd yn ysgafn yn y trosglwyddydd radio.

'Un neges. Pwyswch un i'w dderbyn.'

'Helô, Dad. Mi fedrwn ni gwrdd wedi'r cyfan. Newid cynlluniau. Dw i'n dod i'r wlad efo'r bòs. Wela i chi yn hwyrach heno.'

Tân

'Syr! R'yn ni wedi ffindo rhywun.'

O lan sta'r y daeth y llais. Jones neu Roberts; allwn i ddim gweud y gwahaniaeth rhyngtyn nhw. Mae plismyn yn mynd yn ifancach, maen nhw hefyd yn mynd i swno'n debyg.

Roberts oedd 'na ta beth. Ro'dd e'n sefyll ym mhen pella'r landin ac ynte'n amlwg wedi fforso'r drws 'da'i ysgwydd. Fyddech chi ddim wedi meddwl fod stafell yno o gwbl, a gweud y gwir; roedd hi'n drychyd mwy fel cwpwrdd mawr. Dyna pam fod bois y tân wedi'i methu 'ddi mae'n rhaid. Ac mae'n siŵr eu bod nhw ar frys i fynd i rywle arall.

'Clywed sŵn y monan hyn wnes i,' medde fe wedyn wrth fy arwain i mewn. Ro'dd Cymraeg Roberts yn ddigon i hala'ch gwallt chi i godi.

Ro'dd hi'n ddigon diogel mynd i mewn. Eitha bach oedd y tân mewn gwirionedd ac roedd bois y tân wedi bod trwy'r lle ishws i wneud yn siŵr fod y welydd a'r to heb gael niwed. Pobman ond y stafell hyn. Mwg oedd y broblem fwya – mwg plastig a rwber o'r celfi a'r holl ffoldirols trydanol yn y stafell fyw oddi tanon ni, lle'r oedd y tân wedi citsho.

Merch o'dd yno, tua 12 oed weden i – 16 fel y dysgon ni wedyn – yn hanner-gorwedd, hanner-ishte yn y gornel a'i phenglinie hi wedi codi at ei phen. Braidd ei chlywed hi'n anadlu yr o'n i pan blyges i'n agos – sŵn bach poenus, fel rhywun yn tynnu *sandpaper* yn ysgafn tros damed o bren.

'Ambiwlans?' A nodiodd Roberts. Ro'dd e wedi galw un ishws. Yn ôl y rheole, falle nad o'dd 'da ni ddim hawl i fod yno'n whilo ond fydde neb yn becso gormod a fydde hi'n ddigon rhwydd cael esgus. Yn ôl y rheole, ddyle bois y tân fod wedi'i ffindo hi.

Y peth pwysig pryd 'ny oedd y ferch. Sa' i'n arbenigwr, ond ro'n i'n credu y bydde hi fyw, er mor fach ac eiddil oedd hi ac er bod ei hwyneb hi bryd 'ny yn laslwyd, fel gwachal ange. Sylwes i – ond heb i'r ffaith wneud argraff fawr y funud 'ny – ei bod hi'n dene iawn 'fyd . . . do'dd dim cyhyre bron o gwbl 'da hi, fel rhywun oedd wedi bod yn dost ac mewn gwely ers amser hir.

Ta beth, symudon ni 'ddi i'r ystum adfer a gwneud yn siŵr fod ei cheg a'i gwddwg hi'n agored a hithe'n anadlu'n weddol bach. Roiodd Jones ei got drosti. Peth rhyfedd yw hynny – ma' tân wedi bod a chi'n cadw pobl yn dwym. Do'dd dim ôl ei bod hi wedi anafu yn unman, dim ond fod y mwg wedi effeitho arni 'ddi'n ddrwg. O'n i'n gw'itho ma's fod ei stafell wely hi reit uwchben y man lle dechreuodd y tân a fydde'r mwg wedi codi'n union trwy'r llawr.

Munud neu ddwy oedd y *paramedics* cyn cyrraedd. Roedden nhw newydd fod yn y tŷ 'ta beth gan fod pawb yn cael eu galw ma's i bopeth dyddie hyn. Ro'n nhw wedi gadel wedyn pan wedodd bois y tân fod neb 'na. Whare teg, doedd dim rheswm iddyn nhw na bois y tân feddwl fod stafell 'na. Dim ond bod yn fusneslyd o'n i a Jones a Roberts. Greddf plismon fod rhywbeth o'i le.

Aethon ni ma's ar y landin tra o'dd y paras wrth eu gwaith a gwasgu'n hunain yn erbyn y wal pan o'n nhw'n ei chario 'ddi ma's ar y stretsher. Ac, wedyn, yn ôl i mewn i fusnesan rhagor.

Dyna pryd y sylweddoles i pa mor dywyll oedd hi yn y stafell. Yn naturiol, roedd y trydan bant o achos y tân ac roedd cyrten tene a math o ddrysau *louvre* tros y ffenest. Dellt fydden ni wedi galw'r rheiny ar y ffarm slawer dydd. O'dd rhywfaint o ole'n dod mewn, ond allech chi ddim drychyd ma's ac o'dd cloeon yn dala'r handlenni yn eu lle. Do'dd dim angen ugen mlynedd o brofiad 'da'r heddlu i wybod fod rhywbeth o chwith.

'O'n i'n gweud wrthoch chi fod rhywbeth yn ots fan hyn,' medde Roberts a, whare teg, fe oedd wedi fy ngalw draw i'r tŷ yn y lle cynta.

Dim ond mater o rwtîn oedd hi ei fod e a Jones wedi dod draw i gadw llygad a chadw'r cyhoedd bant.

'Gweld yr holl locs hyn dros y lle wna'th ifi ddechre meddwl.'

Locks – yffach dân. Ond ro'dd e'n hollol iawn. Cloeon ym mhobman. A'r peth rhyfedd o'dd, pan es i drychyd yn agosach ar ddrws y stafell fach, ro'n nhw ar yr ochr anghywir.

'Chi'n gweld, syr, ma' nhw ar y tu fa's.'

Diolch, Roberts. Am helpu Arolygydd oedrannus sy'n rhy hen a gwan ei feddwl i weld drosto'i hun. Ond alle hi fod wedi marw. 'Tai'r tân wedi gafel o ddifri, fydde 'da hon ddim gobeth. Ac erbyn hynny, o'n i'n eitha sicr yn meddwl fod 'da ni rywbeth difrifol fan hyn. Pwy fydde'n cau croten fach mewn cwtsh felly heb ffordd iddi ddod ma's?

Cwtsh moel iawn o'dd e 'fyd. Dim ond gwely ac un ford fach ac ychydig o lyfrau plant arni 'ddi – rhai plant bach weden i wrth eu maint nhw. Ro'dd y mwg wedi duo'r lliwie ac o'dd hi'n amhosib gweud beth oedd y teitle na'r iaith. A dyna'r cwbwl oedd yno.

'Beth sy ar goll fan hyn, Roberts?'

'Compiwter, fideo, DVD?'

'Meddylia am ferch.'

'Mêc-yp, accessories.'

Accessories, myn yffar i. Bachgen yr unfed ganrif ar hugain.

'Mwy amlwg 'to.'

'Pop posters . . . ar y welydd.'

Ro'dd e siŵr o fod yn iawn. Do'dd dim byd ar y welydd o gwbl, dim ond paent gwyn. Wedi'i staeno'n ddu bellach ond, fel arfer, yn berffaith wyn.

'Mwy amlwg 'to.'

Wnes i ddim aros iddo ateb tro hyn.

'Dillad. Do's dim pilyn yma. Ac os yw merched yr oedran hyn yn lico un peth, ma'n nhw'n lico dillad.'

Siarad o brofiad yr o'n i wrth gwrs. Fyddai Roberts ddim yn deall.

So'ch chi i fod i neido i gasgliadau – hyfforddiant Hendon yn gweud – ond ro'dd hi'n anodd peido. Meddwl am ryw fath o draffig pobol yr o'n i – y ceiswyr lloches hyn, neu hyd'no'd smyglo merched er mwyn rhyw. O'dd cwpwl o achosion wedi bod yn Abertawe a do'dd hi ddim yn amhosib o gwbl eu bod nhw'n dechre dod i drefi cefen gwlad.

Ar gwr y dre oedden ni. Ro'dd lled cae neu ddau rhyngton ni a'r stade tai ac o'dd tipyn o ddreif lan o'r hewl fawr. Ro'n i'n cymryd taw pobl dramor o'dd yn byw yn y tŷ. Ro'dd hynny'n ddigon posib erbyn heddi. Dyna pam yr es i o stafell i stafell i weld, ond do'dd dim cliwie amlwg yno . . . plaen iawn oedd y celfi a'r welydd a'r mwg yn dal i hongian yn yr awyr. Ddyle fod 'da fi fasg – yn ôl y rheole.

Cadarnhau'r amheuon wnaeth y cymdogion y tu fa's. R'ych chi wastad yn cael hynny, ynghanol pentre neu ddinas, neu ma's ar y cyrion fel hyn. Fydd clwstwr o bobl yn siŵr o gasglu tu fa's pan fydd ambiwlans, injan dân neu bolîs. Rwy'n credu'n sicr fod rhai pobl yn gwneud dim ond ishte yn eu cartrefi yn aros i rwbeth ddigwydd.

'So'n ni'n gwybod pwy o'dd hi,' medde un o'r menywod. 'Na tithe, Dai?' medde hi wedyn a throi at ddyn eitha awdurdodol yr olwg, yn pwyso ar ei ffon. Dai yw eu henwe nhw bob tro.

'Sdim plentyn yn byw 'na,' medde hwnnw, heb rithyn o gwestiwn yn ei lais.

'Rhyw berthynas yn aros falle,' medde'r fenyw wedyn, gan holi yn fwy na gweud, yn y gobeth o ga'l rhywbeth ma's ohonon ni.

'Dim ond dau-fach 'yn nhw,' medde un arall, rhag i'r lleill gael y sylw i gyd. 'Ond so'n nhw'n cymysgu lot.'

Yr un stori. Ble bynnag yr ewch chi heddiw, so' pobl yn nabod ei gily'.

'Ma'n nhw 'ma ers tair blyne' ar ddeg,' medde'r bachan awdurdodol.

'O's tŷ neis 'da nhw 'te?' medde'r gynta 'to, gan ddechrau mynd 'bach mwy hy. 'So' fi wedi bod miwn. So'n nhw'n neud llawer gyda phobl erell, chwel.'

Rhag ofn nad o'n i'n deall.

Ro'dd hi'n bryd i fi wneud peth o'r holi.

'Rhai o ble 'yn nhw? O'r dwyrain falle?'

Dyna'r lle erbyn hyn. Miloedd ohonyn nhw'n dod i mewn o'r gwledydd yna sy rhwng Ewrop ac Asia. 'Stan hyn a 'stan arall...ac enwe o'dd ddim yn bod tan ychydig flynydde'n ôl.

Na, na, nid pobl dramor oedden nhw erbyn deall.

'Saeson?'

Nage, nage, Cymry Cwmra'g, ond nid o ffor' hyn. Nid o'r gogledd reit, chwaith, ond rwle lan ffor'na. Rhyfedd; hyd'no'd ar ôl blynydde yn y jobyn hyn, sa' i'n disgwyl i bobl ddrwg fod yn siarad Cwmra'g.

'Gw'itho yn y coleg ma'n nhw wedyn, 'te?'

Nage, nage, roedd e'n neud rhywbeth 'da un o'r cynghore – nid ein cyngor sir ni chwaith ond un yn nes at ochre Caerdydd – a hithe'n helpu ma's mewn lle gwerthu tai yn Abertawe. Y ddau'n teithio bob dydd. Ond do'dd neb yn siŵr o ddim, mewn gwirionedd, a finne'n ame 'u bod nhw'n treial swno'n wybodus er mwyn sgoro tros y lleill. Roedden nhw'n cwmpo mas ambeutu'r enwe.

Gwerthu tai? Ro'dd hynny'n rhoi cyfle, falle, i ddelio â phobl o bob math, o bob man, heb i neb ddechrau ame. Ac os o'dd ynte'n gw'itho ar ochr y gwasanaethe cymdeithasol neu rywbeth tebyg i hynny 'da'r cyngor, do'dd hi ddim yn amhosib o gwbl i ddelio mewn plant. Do'dd dim yn od bellach mewn gweld plant o'r dinasoedd mawr yn cael lle 'da teulu maeth yn yr ardaloedd hyn – ro'dd llawer yn gwneud busnes o'r peth. Pwy alle weud y gwahanieth? Ac, fel arfer, ma' swydd fach deidi'n well amddiffynfa na dim.

Ro'dd chwilfrydedd y cymdogion wedi troi'n amheuon hefyd erbyn hynny. Mae'n rhaid eu bod nhw wedi synhwyro rhwbeth yn y ffordd o'n i'n holi. Yn sydyn, ro'dd pawb wedi dechre ame ers tro fod rhywbeth rhyfedd yn digwydd 'na. Ac yn lle bod yn rhinwedd, ro'dd eu tawelwch, yn ddisymw'th, yn broblem.

Fe benderfynes i fynd fy hunan i weud wrth y perchennog am y tân. Do'dd dim busnes 'da fi mewn gwirionedd, gan fod ei swyddfa fe mewn ardal arall ac fe allen i ofyn i rywun o'r ffors yn fan'ny fynd drosto i. Ond ro'dd angen gw'itho'n glou cyn iddo fe glywed fod rhywbeth o'i le. Y gamp fydde mynd y tu hwnt i'r boi hyn a ffindo'r dyn'on mawr. Fel 'da cyffurie, y peth hawdd yw dal y rhai ar ben pella'r gadwyn; o'dd popeth hyd 'ny yn awgrymu fod cylch Cymreig yn gw'itho fan hyn ac, os felly, o'dd gobaith eu craco.

Dim whilibowan. Gadel Jones yn y tŷ a mynd i'r cyngor 'da Roberts – cyngor Afan Tawe medde'r cymdogion, ac o leia ro'n nhw'n cytuno ar hynny. Galwad i'r swyddfa i djecio rhestre'r tai ac fe ga'en i'r enw'n ddigon rhwydd. A, whare teg i Roberts, ro'dd ynte wedi dechre dod i'r un casgliade â fi. Un da fydd Roberts ryw ddydd.

Nid yn yr adran gwasanaethau cymdeithasol yr oedd y dyn yn gweithio. 'Peter Griffiths,' medde'r fenyw wrth y ddesg. 'Pennaeth Safone Masnach.' Peter Griffiths; enw diniwed i smyglwr rhyw – dim ond mewn straeon ma' dihirod yn ca'l enwe drwg.

Ro'dd e'n drychyd yn eitha normal 'fyd, fel pob swyddog llywodreth leol weles i 'rio'd. Siwt deidi, desg deidi, gwallt teidi. Diflas. *Contacts* yn ei lyged e – chi'n gallu gweud yn syth, wrth y lliw.

Do'dd e ddim yn ymddangos yn nerfus. Wedi'r cwbl, y funud honno, do'dd dim rheswm. Fydde dyn yn ei swydd e'n disgwyl gweld plismyn o dro i dro, hyd'no'd o ardal arall. Fydde fe wedi synnu falle nad o'n i'n fodlon gweud wrth y fenyw wrth y ddesg beth o'dd 'da fi, ond mater bach o'dd hynny. Weithe mae angen trafod pethe cyfrinachol. Dyna pam y penderfynes i weud heb unrhyw rybudd, i weld sut y bydde fe'n ymateb.

Ro'n i wedi disgwyl iddo fe wadu popeth, wedi hanner disgwyl a gweud y gwir y bydde fe'n treial dianc. Ro'dd Roberts yn barod am hynny. Ond wnaeth e ddim.

'Ydi Cain yn iawn?' medde fe'n syth wrth glywed am y tân, cyn i ni sôn dim am y ferch. 'Lle mae hi?' Ro'dd hi'n anodd gweud beth o'dd yn ei lais. O'dd hwn yn actor da, bron fel ei fod e wedi paratoi am rywbeth fel hyn ac yn gwybod sut i dynnu'r gwynt ma's o'n hwylie i. Cain? Pam ddiawl defnyddio shwt enw. O'dd y gêm wedi dechre ishws.

Roddodd e'r argraff ei fod yn ymlacio damed bach ar ôl inni weud fod y ferch yn iawn. Yn yr ysbyty, ond yn iawn. Falle y dylen i fod wedi gweud ei bod hi'n wa'th nag o'dd hi. Ro'dd e ishe mynd yna'n syth, medde fe, ond do'n i ddim am adel hynny, rhag iddo fe'i bygwth hi i gadw'n dawel. 'Cain.' 'Cain?' Shwt fath o enw o'dd hwnna? O'dd rhaid iddo fe 'nhrin i fel twpsyn? Dyna o'dd ei gamgymeriad.

'Cwpwl o gwestiyne i ddechre,' meddwn inne, a synhwyro fod Roberts wedi symud i sefyll yn agosach at y drws.

'Pwy yw . . . Cain?'

'Ein merch ni, wrth gwrs.'

'Faint yw ei ho'd hi?'

Synnech chi pa mor aml y mae cwestiwn bach syml, syml yn eu towlu nhw.

'Un ar bymtheg.'

'Mae 'ddi'n drychyd yn llai na 'ny.'

Dim ateb. Dim ymateb.

'Pam y cloeon?'

'Rhag ofn iddi fentro allan.'

Fe edryches i'n galed arno fe. Do'n i ddim wedi disgwyl hyn. Chi byth yn gwybod ai cyfrwystra mawr neu ddiniweidrwydd mawr sydd i gyfri am ateb fel'na.

Ond cadw at y stori wnaeth e, a hithe hefyd, mae'n debyg, pan anfones i gwpwl o WPCs i'r swyddfa werthu tai. Fe roddodd y cyfeiriad i fi. Ac ro'n i mewn penbleth erbyn 'ny. O'dd dim llawer o amser 'da fi achos allen i ga'l 'y nghyhuddo o gadw'r dyn rhag mynd i weld ei 'ferch', a hynny heb reswm amlwg, dim ond llond pen o amheuon. Mewn llys, fydde hynny'n ddamniol.

Fydden ni wedi hoffi ca'l y ddou yn yr un stafell. Y gŵr a'r wraig. Os dyna oedden nhw. Y partneriaid 'te. Partneriaid gwely, partneriaid busnes? O ga'l dou at ei gilydd, r'ych chi'n aml yn gallu'u torri nhw. Ma' tensiyne rhwng pob pâr a, bron bob tro, fydd un yn gweld cyfle i dowlu'r bai ar y llall ac achub ei gro'n ei hunan. Yn enwedig dyn a menyw. Yn enwedig pan fydd rhyw yn y peth.

Ond do'dd 'da fi ddim amser. Ro'dd hwn yn glefer, do'dd dim amheueth am 'ny.

'I bwy r'ych chi'n gwerthu'r merched?'

Weithie, ma' cwestiwn cwbl gïedd yn gw'itho. Chi'n gallu eu siglo nhw. Fyddan nhw wedi disgwyl i chi holi mewn un ffordd ac wedi meddwl am atebion; fydd tac arall yn whalu'r cynllunie.

Esgus bod yn ddiniwed wnaeth e. Fel 'tase fe'n ffilu deall y cwestiwn. Cyfrwys eto. Whare am amser. Ffordd o 'ngha'l i i egluro ac iddo fe ffindo ma's pa wybodeth yn union o'dd 'da fi.

Ddylen i fod wedi gwneud hyn yn wahanol. Ddylen i fod wedi esgus mwy 'yn hunan. Gadel i bopeth ddigwydd yn normal . . . mynd i'r sbyty, dod 'nôl gartre ac, wedyn, cadw llygad. Gwneud iddo fe feddwl nad o'n i'n ame. Ond o'dd hi'n rhy hwyr erbyn hyn.

Eglures i damed bach. Am y cloeon a'r ffaith fod neb yn gwybod fod merch yn byw yn y tŷ. Hyd'no'd os o'n i'n colli'r elfen o syrpréis, fydde hi'n anodd iawn iddo fe roi atebion call. Dyna yw holi bob tro, treial gwthio'r llall i gornel, o gam i gam, fel whare *chess*. Ei orfodi fe i wneud y camgymeriade.

'Ond oeddech chi'n holi am werthu merched? Sôn am Cain yr ydw i a dw i eisio mynd i'w gweld hi.'

Ro'dd e'n defnyddio'r enw'n rhwydd. Falle'u bod nhw'n rhoi llysenw ar bob un o'r merched. Ac ro'dd yr un weles i yn y stafell fach honno yn ddigon tene i haeddu'r enw. Actor ar y diawl.

'Sdim ishe becso. Bach o fwg a sioc 'na i gyd.'

O'r funud gynta do'dd e ddim wedi colli rheoleth, ddim wedi newid ei lais na symud llawer . . . dyna pryd y sylwes i ar hynny. Nid oeraidd oedd e chwaith, dim ond llonydd. Do'dd e ddim i'w weld yn becso ac, eto, ro'dd e eisie mynd i weld y groten.

'Ble fydd hi'n mynd ar ôl eich gadel chi?'

Esgus ffaelu deall 'to. Do'dd dim byd i'w golli erbyn 'ny. Os na fedren ni hoelio'r cythrel yn y fan a'r lle, fydde gyda fe gyfle i gael gwared ar bob tystioleth a rhybuddio'i benaethied 'fyd. O'n i wedi gwneud annibendod o hyn.

Ddylen i fod wedi meddwl am y ferch – sut y galle fe egluro honno. Sut fydde hi'n ymateb? Falle y dylen ni alw'r blyff a mynd ag e i'r ysbyty. Am a wydden i, do'dd hi ddim hyd yn o'd yn siarad Saesneg, heb sôn am Gymraeg . . . a wa'th cyfadde, feddylies i ddim tan hynny. Ro'n i'n gweld amser yn mynd trwy 'nwylo i . . . fel *chess* 'to, pan fydd y cloc wrth eich ochr chi'n tician. Felly wedes i beth o'dd yr amheuon. Nid holi, ond gweud. Fel hyn yr 'ych chi'n gwneud pethe. A r'yn ni'n gwybod.

Fel arfer, fydd dau fath o ymateb ar adeg fel'ny. Craco'n llwyr – dyw e ddim yn digwydd yn aml, ond weithe – a gwadu'n llwyr. Codi llais a gweiddi a gweud fod y peth yn gywilyddus. Yr ail o'n i'n ei ddisgwyl tro hyn.

'Dim gwerthu. Dim merched. Dim ond Cain.' A hynny mewn llais tawel. 'Ei chadw hi rhag pethau.'

Fi o'dd ar goll erbyn 'ny. Fe o'dd yn edrych fel bod rhywbeth yn hollol amlwg a taw fi o'dd yn dwp ac yn ffaelu deall. A do'n i ddim yn deall.

'Ei chadw hi rhag beth?'

'Rhag budreddi.'

Dyna pryd y symudodd Roberts. Os nad o'n i'n deall, ro'dd hi'n amlwg ei fod e'n credu fod hyn yn nonsens a bod y boi hyn yn dechre gwneud sbort ar 'y mhen.

'Dech chi siŵr o fod yn deall hynny. Magu plentyn y dyddie yma, dech chi siŵr o fod yn nabod yr ofn.'

Do'dd e'n cymryd dim sylw o Roberts, dim ond drychyd arna i.

'Ar y teledu. Dech chi'n gweld pethe ar y teledu. Bob dydd. Pethe dychrynllyd. Allwch chi ddim gadel i'ch plentyn fynd i ganol hynna.'

Aeth 'yn meddwl inne'n ôl i'r stafell fach, heb ddim byd yno ond y llyfre plant bach. Ro'n i'n dechre ca'l fy nhynnu i mewn i'w stori e.

'Mae'n saffach iddi yn y tŷ. Ddaw neb drwg ar ei thraws hi'n fanno. A welith hi ddim byd.'

Hynny eto mewn llais o'dd yn hollol normal, fel 'se fe'r peth mwya amlwg yn y byd. Ond symudodd Roberts yn anghyfforddus 'to.

'Ond, so'ch chi'n gweud . . .'

'Yr unig le diogel. Hollol ddiogel.'

Ma'n rhaid ei fod e wedi gweld yr anghredinieth yn fy llyged i wrth i fi ddechre sylweddoli beth o'dd oblygiade'r hyn o'dd e'n weud. Ro'dd e eisie tawelu fy meddwl i.

'Dim ond yn ystod y dydd y mae hi yn ei stafell. Fin nos, mae hi allan efo ni.'

'Felly'r cloeon . . .'

'Efallai nad oes mo'u heisie nhw, mewn gwirionedd. Mae Cain yn dallt yn iawn. Mae hi'n hogan dda ofnadwy. Ond doeddan ni ddim eisio mentro.'

Fi bellach o'dd mewn lle annisgwyl. Ro'n i'n treial meddwl yn wyllt beth oedd y trosedde. Cadw rhywun dan glo yn erbyn ei ewyllys . . . diffyg gofal am blentyn . . . cam-drin . . .

'Dw i eisio mynd i'w gweld hi.'

O'dd 'da fi'r hawl i wrthod? O'n i ddim yn hollol sicr. Do'dd ugen mlynedd o brofiad ddim wedi fy mharatoi fi am hyn ac o'dd cyment o reole am blant a rhieni. A'r funud honno fedren i ddim profi nad fe oedd tad y groten. Dyna ble mae 'ddi mor anodd ar blismon heddi, llinell dene iawn sy rhwng bod yn arwr a bod ar y dôl.

Wna'th e ddim gwrthwynebu dod 'da ni yn y car. Na gweud dim pellach wrth inni yrru'r milltiroedd i'r ysbyty. A finne'n ca'l cyfle i bendrymu beth yn union i'w wneud nesa. Ond o'n i'n ffaelu p'ido meddwl am y drws a'r stafell a'r cloeon. Fydde rhieni ddim yn neud hynny.

Ro'dd 'na sioc arall ar ôl cyrra'dd. Ro'n i'n hollol anghywir unweth 'to. Ro'dd y ferch fach wedi marw. R'ych chi'n gwbod yn syth, wrth edrych ar wynebe'r nyrsys a gweld yr ansicrwydd yn llyged y rhai wrth y ddesg. Ychydig funude 'nghynt. Tasen i heb aros i'w holi fe yn y swyddfa, fydde fe wedi cyrr'edd mewn pryd.

Dw i ddim eisie gweld golwg fel'na to. Yn drychyd yn syth arna i.

'Doedd gynnon ni ddim dewis,' medde fe wedyn, yr un mor dawel â chynt.

Clinig

– Mae hon . . .

ac mi edrychodd ar ei nodiadau ar ei gyfrifiadur llaw, er fy mod i'n weddol siŵr nad oedd rhaid iddo fo. Roedd ei arddeliad wrth siarad amdanyn nhw'n awgrymu ei fod yn cofio'r cyfan.

– . . . yn ddiddorol iawn.

Fel yn achos y gweddill, fyddai neb arall wedi defnyddio'r gair hwnnw i ddisgrifio'r wraig swrth yr olwg oedd yn eistedd yn y gadair freichiau ym mhen pella'i stafell, yn edrych yn ddifynegiant ar rywbeth yn y gornel arall. Teledu, mae'n debyg.

– Mae yna sawl achos tebyg iddi wedi bod yn ddiweddar. Am beth amser, roedd yr heddlu o ddifri yn credu ei bod hi mewn peryg. Ac, ar un adeg, roedden nhw hyd yn oed wedi gosod plismones fach ifanc i'w gwylio hi nos a dydd.

Roedd yn hanner chwerthin wrth roi'r manylion, fel petai ganddo ryw ychydig o edmygedd o'r damweiniau seicolegol oedd wedi dod â'r bobl yma i'w glinig. Bob hyn a hyn, mi fyddai'n cyffwrdd y botymau o'i flaen yn gyfarwydd, feistrolgar, ac mi fyddai rhai o'r lluniau ar y rhes sgriniau ar y wal yn newid am ychydig eiliadau. Yna, cyffwrdd eto, ac ailddechrau siarad am y prif lun.

– Roedd y llythyrau a'r parseli yr oedd hi'n eu cael yn ddigon dychrynllyd. Y patrwm arferol, llythrennau wedi eu torri allan o bapurau newydd, yn bygwth ei lladd. Wedyn, cwpwl o rai ffiaidd o rywiol wedi eu sgrifennu mewn gwaed ac, wrth gwrs, yn y diwedd, y cachu a'r hen dampons a phethau felly.

Bron yn ddidaro yr oedd o'n dweud y pethau yma, yn y ffordd bytiog, undonog braidd, sydd gan arbenigwyr proffesiynol. Ac roedd o'n aflonydd. Yn cael y llun i neidio'n nes at y ddynes ac wedyn allan eto.

– Fe gymerodd hi ychydig o amser i hon allu esbonio pam fod y fath bethau'n cael eu gyrru ati. Mae'n anodd dychmygu erbyn hyn, ond roedd hi'n arfer bod yn wraig fusnes lwyddiannus, yn rhedeg cadwyn o siopau gwyliau yn sawl un o drefi'r gogledd. Cyn iti ofyn, doedd yna ddim arwydd o unrhyw broblemau ariannol.

Natur rywiol y llythyrau a wnaeth i'r heddlu ddechrau amau ac, yn y diwedd, fe gyfaddefodd hithau ei bod yn ddeurywiol ac yn cael affêr gyda gwraig un o reolwyr ei siopau. Roedd pwy bynnag oedd yn sgrifennu'r llythyrau yn gwybod am hynny.

Oedi eiliad, ac esgus edrych eto ar y cyfrifiadur bach. Unwaith eto, mi ges i'r teimlad ei fod wedi bod trwy'r perfformiad yma sawl tro o'r blaen.

– Y gŵr oedd dan amheuaeth gyntaf, yn ddigon naturiol, ac, erbyn iddyn nhw wneud ymholiadau, roedd ganddo gymeriad digon brith a record o fân droseddau treisiol pan oedd yn ifanc. Os . . . wy'n cofio'n iawn . . . fe gafodd ei dynnu i mewn fwy nag unwaith cyn i'r 'bechgyn yn y glas' gael eu hargyhoeddi nad oedd yn gwybod am y berthynas heb sôn am ddim arall.

Ond roedd y bygythiadau'n mynd yn waeth ac fe ddechreuodd hithau dderbyn galwadau cas hefyd. Tawelwch yn y rhai cyntaf ac wedyn llais yn disgrifio'n fanwl beth yn union fyddai'n digwydd iddi hi os nad oedd yr affêr yn dod i ben. Tua'r amser hwnnw y ces i fy nhynnu i mewn, i geisio dadansoddi cymeriad y galwr a chynnig proffeil.

Roedd hi'n anodd iawn dweud, wrth gwrs, roedd y galwr yn fwriadol yn cymysgu acenion a lleisiau ac roedd hances neu rywbeth wedi'i roi dros y ffôn . . . ffôn cyhoeddus oedd e bob tro, gyda llaw, ond mewn tafarn neu westy, nid ar y stryd. Yn y dyddiau mobeil hyn, byddai cael eich gweld mewn ciosg ar y stryd yn sicr o dynnu sylw.

Dwn i ddim a oedd o wedi disgwyl imi chwerthin ar ei glyfrwch, ond ro'n i'n canolbwyntio gormod ar y lluniau o'r wraig ar y sgrîn ac, er ei llonyddwch hi, dim ond ichi graffu, roedd hi'n bosib gweld mân symudiadau. Gan nad o'n i ddim yn seiciatrydd fy hun, dim ond yn ffrind i un, fedrwn i ddim gweld unrhyw arwyddocâd ynddyn nhw. Ond, rhywsut, mae unrhyw lun ar sgrîn yn tynnu eich sylw chi yn fwy nag y byddai'r olygfa go iawn.

Er fy nghanolbwyntio, mi synhwyrais ei fod yntau'n tynnu at derfyn buddugoliaethus y stori fach yma. Mae'n rhyfedd fel y mae'r newid lleia yn llais rhywun yn ddigon. Fel arwyddion. Yn ei achos o, mi roedd yna ryw hanner-difyrrwch, hanner-be-arall-fysech-chi'n-ei-ddisgwyl yn ei oslef.

– Fi graciodd y peth yn y diwedd, a dweud y gwir. A hynny wrth wrando ar un o'r ditectifs yn holi'r wraig. Digwydd sylwi ar un gair wnes i. Un gair yr oedd hi'n ei ddefnyddio'n gyson ac oedd ychydig yn annisgwyl i rywun o'i hardal hi. Fe gofiais

yn sydyn fod yr union air wedi ei ddefnyddio fwy nag unwaith yn y galwadau ffôn hefyd. Nid yn y llythyrau, ond yn y galwadau ffôn.

Ddylset ti fod wedi gweld ei hwyneb hi pan wnes i awgrymu mai hi oedd wrthi. Hollol syfrdan. Wedyn caledu eto a cheisio gwadu'r cyfan ond roedd hi'n rhy hwyr erbyn hynny ac, unwaith yr oedden nhw wedi deall beth oedd yn digwydd, roedd hi'n fater hawdd i'r heddlu gasglu'r dystiolaeth.

Roedden nhw wedi eu syfrdanu hefyd. Roedd hon wedi rhoi'r argraff ei bod hi'n wirioneddol ofnus. Ond roedd hi wedi bod wrthi ar hyd yr holl wythnosau yn ei bygwth hi ei hun ac yn mynd fymryn ymhellach bob tro.

Ar hyn o bryd, rwy'n ceisio darganfod a fyddai hi wedi mynd ati i anafu ei hun o ddifri . . .

Mi glosiodd o'r camera ati un tro ola, er mwyn drama, cyn tynnu'n ôl eto a gadael i fi edrych am ychydig ar y wal o sgriniau. Efallai ei fod o'n disgwyl i fi ddewis un arall.

Rhyw hanner dwsin oedd yna i gyd, a phob un yn eistedd mewn stafelloedd digon tebyg i'w gilydd. Doedd y drysau ddim wedi eu cloi, mae'n debyg, ond wnaeth yr un ohonyn nhw symud allan tra oedden ni'n gwylio.

O'r hyn allwn i ei weld, roedd yna ddau gamera ym mhob stafell, un yn llonydd, uwchben y drws fwy na thebyg, yn rhoi golwg eang o'r rhan fwya o lawr y stafell, ac un arall oedd, rhywsut, yn gallu symud o ochr i ochr, ond nid i fyny ac i lawr.

Ro'n i ar fin dechrau holi am bethau felly pan wthiodd o 'i gyfrifiadur cledr llaw o 'mlaen i a phwyntio at y ddwy sgrîn agosa ata i. A siglo'i ben. Roedd o'n amlwg am i fi ddarllen stori hwn fy hun, fel petai o'n ymwybodol fod peryg imi ddiflasu ar ei lais a bod angen cyflwyno gwybodaeth mewn dull arall, i gynnal fy niddordeb.

Ond trwy'r amser, tra o'n i'n darllen o'r peiriant bach yn fy llaw, mi oedd yntau'n chwarae efo'r camerâu, yn eu symud nhw'n ôl ac ymlaen ac yn fflicio o un sgrîn i'r llall.

Dyn ifanc oedd hwn, a'i draed i fyny ar y bwrdd o'i flaen. Mi roedd hi'n anodd gwybod a oedd o'n gwylio'i deledu ai peidio, gan fod ei lygaid o'r golwg bron dan gudyn o wallt. Ac, wrth gwrs, mi roedd rhaid i fi ganolbwyntio ar y stori o 'mlaen, felly wnes i ddim sylwi cymaint ar ei ymddygiad a'i ymarweddiad o.

Mi roedd y stori'n dechrau fel rhyw fath o dric stiwdantaidd. Uffar o syniad da, a deud y gwir. Hwn a'i ffrindiau, mewn rhyw ysgol fonedd neu'i gilydd, wedi dechrau ffonio gorsafoedd radio i esgus bod yn wahanol gymeriadau ac i gynnig gwybodaeth i'r rhaglenni galwadau sy'n asgwrn cefn i wasanaethau o'r fath.

Y galwadau i'r gwasanaethau traffig oedd wedi creu fwya o hafoc a'r syniad yn fendigedig o syml. Dim ond eu ffonio nhw oedd raid gan esgus bod mewn gwahanol lefydd a dweud fod yna dagfeydd dychrynllyd neu ddamweiniau mawr wedi digwydd. Mi fyddai'r gorsafoedd radio'n darlledu'r cyfan a gyrwyr wedyn yn chwilio am ffyrdd eraill, gan achosi tagfeydd go iawn ac anhrefn.

Mi roedd yr ail gyfnod yn fwy difrifol, ond yr un mor glyfar ac, os o'n i'n dallt y nodiadau'n iawn – mi fuodd rhaid ifi gael help i ddysgu sut i sgrolio – dim ond y fo oedd wrthi erbyn hynny. Ac, ar ryw ystyr, efallai fod y prae yn rhy hawdd.

Y cyfan wnaeth o oedd targedu pob digwyddiad o bwys a ffonio ychydig ymlaen llaw i rybuddio fod yno fom, neu fod rhywun am yrru car a'i ffrwydro fo wrth y fynedfa. Mi ddechreuodd ddefnyddio cod a geiriau cudd hefyd ac, er nad oedd neb yn eu nabod nhw nac yn gallu'u cysylltu nhw ag unrhyw fudiad terfysgol, roedd o'n ddigon i wneud i'r awdurdodau banicio a meddwl y dylen nhw.

Mi edrychais i ar y boi eto ar y sgrîn. Anodd deud ai hanner gwên neu ddiflastod oedd yn codi corneli'i wefusau.

Yn naturiol, ar ôl ychydig iawn, mi ddechreuodd pobl gysylltu'r galwadau a dechrau dod i'w disgwyl. Ond mi ddyliwn i fod wedi esbonio, er nad oedd y nodiadau ar y cyfrifiadur yn gwneud hynny tan yn ddiweddarach, mai dwyn ffôns symudol yr oedd o er mwyn gwneud y galwadau. A'u taflu nhw wedyn.

Beth bynnag, pan ddechreuodd yr awdurdodau amau a sylweddoli mai galwadau ffug oedd y rhain i gyd, mi aeth ati i osod bom go iawn . . . un fach, a wnaeth hi ddim ffrwydro, ond roedd hi'n ddigon i gynnal diddordeb.

– Be oedd gen ti i neud efo'r ail 'ma te?

Tan hynny, do'n i ddim wedi deud gair ers dechrau darllen.

– Dim, mewn gwirionedd. Cael ei anfon yma wnaeth e . . . pobl yn gwybod am fy niddordeb. Os gwnei di ddarllen ymlaen, fe wnei di weld pam.

Porn. Porn plant. Nid fod ganddo fo ddiddordeb yn y

sglyfath peth, mae'n debyg, ond ei fod o'n arf. A fynta'n chwip o foi ar gyfrifiaduron.

Syml eto. Diawledig o syml. Ffeindio lluniau budr. Eu codi nhw oddi ar y We a'u hanfon nhw mewn negeseuon i gyfrifiaduron dynion parchus.

Rŵan, tydw i ddim yn dallt y dechnoleg ond mae'n debyg ei bod hi'n bosib anfon y lluniau heb i'r person arall wybod a'r rheiny wedyn yn cael eu gosod ar ddisg caled y cyfrifiadur. Wedyn, galwad ffôn fach ddienw i linell gwyno neu'r heddlu, a gadael i bethau gymryd eu cwrs.

Hyd yn oed heddiw, yn ôl y nodiadau, mi roedd yna un neu ddau o ddynion yn y carchar oherwydd hwn, er fod llawer o'r gweddill wedi cael eu clirio yn y diwedd, ar ôl i'w bywydau nhw chwalu.

Mi edrychais i arno fo eto ond, wrth reswm, roedd hi'n amhosib gweld dim o bwys yn yr wyneb gwelw a'r olwg ffwrdd-â-hi.

– *Hon fyddi di'n ei hoffi.*

Roedd o wastad wedi fy nabod i'n o lew. Hyd yn oed pan oedden ni yn y coleg. Yn gwybod pa fotwm i'w bwyso, lle'n union yn y dolur i roi'i fys.

– *Y cymhleth diwylliannol.*

'Hon' oedd dynes, yn ei phedwardegau efallai, a rhyw-beth bron yn smart amdani. Ond dim byd arbennig. Dyna oedd yn rhyfedd amdanyn nhw i gyd; mi oeddan nhw'n edrych yn hollol ddi-ddim. A, gan eu bod nhw yn fa'ma ers tro, roedd hi'n amhosib dysgu dim o'u ffordd nhw o wisgo neu o neud eu gwallt.

– Cymraes Gymraeg ydi hi, yn ôl y nodiadau o'i chefndir, ond mae'n debyg nad yw hi'n fodlon siarad gair o'r iaith. A dweud y gwir, efallai y dylen ni gael rhywun sy'n gallu siarad Cymraeg i'w holi hi.

Dwn i ddim ai awgrym i fi oedd hynny, ond does gen i ddim sgiliau holi o'r math hwnnw. Y peth pwysig oedd ei fod o'n gwybod yn iawn sut yr oeddwn i'n teimlo am yr iaith a pha mor hawdd oedd fy nghynhyrfu fi wrth sôn amdani.

A doedd hon, ar y ddwy sgrîn yn y gornel isa ar y dde, yn ddim gwahanol i ddwsinau o bobl yr oeddwn i'n eu nabod. A doedd gwrthod siarad Cymraeg ddim yn rheswm tros landio yn y clinig.

Mi oedd yntau'n gwybod hynny'n iawn, wrth gwrs, ac yn gwybod y byddai hyd yn oed yr ychydig resymeg oedd gen i wedi fy arwain i feddwl felly. Roedd y diawl wedi llwyddo eto i godi fy chwilfrydedd.

– Yr heddlu yw'r cysylltiad unwaith eto, mae arna i ofn. Ac, er mor anodd yw credu hynny, hon yw'r fwya peryglus o'r cyfan. Neu, o leia, hon yw'r unig un sydd wedi cyflawni gweithred dreisgar.

Mi oedd hi'n anodd credu. Y funud honno, mi oedd hi'n syllu ar y teledu oedd, fel y lleill, allan o'r golwg yn y gornel. Ond mi oedd hi'n edrych yn union fel unrhyw wraig arall o'i hoed o flaen eu *Corrie* neu *EastEnders*.

– Dim llythyrau na bygythiadau na dim y tro yma a dim ond trwy lwc y llwyddon nhw i'w rhwystro hi.

Ddeallodd neb adeg y digwyddiad cyntaf. Roedd hi wedi taro dyn ar y stryd . . . yn dy hen gynefin di a fi, fel mae'n digwydd . . . yn Aberystwyth. Er fod hwnnw'n awdur adnabyddus, mae'n debyg . . . byddet ti wedi clywed amdano, mae'n sicr . . . doedd neb wedi tynnu cysylltiad. Roedd pawb yn cymryd mai diodde o iselder neu rywbeth yr oedd hi ac wedi cael cwpwl gormod i yfed amser cinio. Doedd yr awdur chwaith ddim eisiau mynd â'r peth ymhellach.

Tan yr ail ddigwyddiad, doedd hi'n ddim ond nodyn ym mhapurau Heddlu Dyfed-Powys . . . rwy'n credu ei bod hi wedi cael rhyw fath o rybudd. Doedd dim yn y papurau lleol ac, felly, fyddet ti a dy debyg ddim wedi clywed.

Ro'n i'n sylwi ei fod o'n fy nhynnu fi i fewn i'r stori yma, o hyd ac o hyd. Fel tasa rhaid i fi gymryd cyfrifoldeb am bob diawl o Gymro neu Gymraes, hyd yn oed rai fel hon.

– Cael ei gweld yn hwyr y nos wnaeth hi, yr ail dro. Y tu allan i dŷ gwleidydd rhywle yn ochrau . . . ym . . . Caernarfon. Nid aelod seneddol na dim felly, ond un o'r ymgyrchwyr iaith . . . rhywun oedd yn eitha adnabyddus, mae'n debyg.

Roedd yna ddigon o ddewis. Mi faswn i'n trio cael cip ar y nodiadau eto i weld. O ran ymyrraeth, dim byd arall.

– Roedd ganddi ddryll yn ei bag. Na, wir i ti. Dryll. A bwledi. A map gyda'r tŷ wedi ei farcio'n amlwg. Na . . . na, fyddai yna ddim rheswm i'r heddlu drefnu'r peth . . . a phan aethon nhw i'w fflat hi yn Wrecsam, fe ddaethon nhw o hyd i lond lle o doriadau papur newydd am wahanol enwogion a phob un yn siarad Cymraeg . . . cymeriadau teledu, awduron eto, rhagor o wleidyddion ac ymgyrchwyr . . . roedd yna luniau o sawl un a'r cyfan wedi eu ffeilio a'u cadw'n daclus.

Mi synhwyrodd o fy mod i ar fin gofyn cwestiwn.

– Dyna pryd y sylweddolwyd hefyd ei bod hi wedi newid ei henw. Yn ôl ei hacen a phopeth roedd hi'n swnio – ac mae hi'n dal felly hefyd – ond, roedd hi'n swnio'n union fel rhywun o lannau Mersi neu Gaer neu rywle felly.

Oherwydd fy mod i wedi treulio'r hanner awr nesa'n holi rhagor – heb gael gormod o atebion na chip ar y nodiadau tro'ma – mi aeth yr amser a chawson ni ddim cyfle go iawn i siarad am yr hen ddyddiau. Er nad oeddan ni wedi gweld ein gilydd ers blynyddoedd. Dyna pam yr oedd o mor awyddus i ddangos y clinig i fi.

Cyn i fi fynd, mi esboniodd fel yr oedd y lle'n gweithio heb na chloeon na dim ar y drysau, dim ond pelydrau is-goch a synau uwch-sain i rwystro'r chwe chlaf rhag mynd i lefydd na ddylen nhw.

Ac mi gadwodd ei dric ola tan y diwedd, gan esgus ei fod o bron wedi anghofio dangos i fi.

– O ie, y setiau teledu sydd yn eu stafelloedd nhw. Dwyt ti ddim wedi gofyn beth yw'r rhaglen a pam eu bod nhw'n cymryd cymaint o ddiddordeb ynddi.

Mi bwysodd dri botwm ar unwaith, fel bod y camera symudol yn y tair stafell yn symud ar wib hyd dwy o'r waliau cyn aros yn y gornel gyferbyn. O fanno, roeddan ni'n gallu gweld y setiau teledu.

Mi dynnodd y llun yn nes er mwyn inni allu gweld yn iawn. Doedd y llun ddim yn dda ond roedd o'n ddigon clir i fi allu gweld fy wyneb fy hun ar bob un ohonyn nhw.

Mi edrychais yn wyllt o gwmpas i weld lle'r oedd y camera, ond dim ond hanner codi un ael wnaeth yntau, fel y bydd actorion teledu.

I'r Gad

(Rhaglen deledu ar S4C – cyfres bob dydd am bythefnos)

DIWRNOD CYNTAF

Shot Agos: Y cyflwynydd yn gwisgo helmet y Rhyfel Byd Cyntaf.

Cyflwynydd Fi ydi Dai Ellis Evans a chroeso aton ni i'r rhifyn cynta byw, hollol fyw, o *I'r Gad*. Cyfres newydd sydd hefyd yn torri tir hollol newydd ym myd teledu.

Teitlau: Montage o luniau hanesyddol o ffosydd Gwlad Belg yn 1917.

Cerddoriaeth: Medli o ganeuon rhyfel yn ffedio o dan y llais a chodi wedyn.

Cyflwynydd *(SA)* I ddathlu 90 mlynedd ers dechrau Rhyfel Byd Un, dyma'r sioe sy'n gosod pedwar o ddynion heddiw yn y ffosydd yn Ffrainc yn yr un amgylchiadau'n union â'r milwyr slawer dydd. Bob dydd, am ddeg munud bach ar y tro – jyst neis ar

gyfer yfed paned – mi fyddwn ni'n
gweld shwt mae'r arwyr modern
yn dod i ben â hi.

Shot Lydan: Y gynulleidfa yn y stiwdio yn cymeradwyo'n
frwd. Ambell un yn chwifio baner gyda llun Kitchener arni.

WEIP AR DRAWS Y SGRIN I . . .

Shot Ganol: I ddangos DEE o'r canol i fyny a pheth o'r set
yn y cefn. Honno fel platfform stesion o'r cyfnod – lliwiau
brown tywyll a melyn budr.

Cyflwynydd   Ac, yn awr, gadewch inni gwrdd
                  â'r pedwar Tommy sydd am fentro
                  i'r ffosydd eleni . . .

VT 1: Y gyfres o bortreadau parod. Un dyn ar y tro.

Cyflwynydd   Dyma Sion Williams o Ynys Môn,
(troslais)   cyfreithiwr wrth ei waith bob
                  dydd. Mae'n briod gydag
                  Angharad ac yn dad i ddau o
                  blant, gan gynnwys Iolo bach, sy'n
                  ddim ond tri mis oed.

Torri: Shot gyflym o'r gynulleidfa'n dweud 'Ooooo' ac yn
gwenu ar ei gilydd.

Cyflwynydd *(tr.)*   Hugh Prosser ydy hwn o Ben-y-
                         bont. Ac mae Hugh yn hoff o

iwnifform. A dweud y gwir, mae e bron â bod yn filwr go iawn – mae e'n aelod o'r TAs ers pum mlynedd. Dydy e ddim yn briod, ond mae wedi dyweddïo ag Amanda.

Torri: Llun o Amanda yn y gynulleidfa yn chwifio hances wen.

Cyflwynydd *(tr.)*   A dyma Ifan ap Gruffydd o Aberystwyth, yr ieuenga yn y criw . . . dim ond un deg wyth oed ac yn sengl . . .

Torri: Merched ifanc yn y gynulleidfa yn mynd yn wyllt.

Cyflwynydd *(tr.)*   Na, na, arhoswch ferched, mae hefyd yn dweud ei fod yn genedlaetholwr Cymreig, yn casáu rhyfel ac Imperialaeth.

Torri: Y gynulleidfa yn dweud 'Www' a chwerthin.

Cyflwynydd *(tr.)*   Yr ola ond nid y lleia. James Robertson o Aberhonddu. Wedi dysgu Cymraeg, chwarae teg, ac, fel y gwelwch chi, ychydig ar yr . . . ochr fawr. Mae ei wraig, Elizabeth, a'i ferch fach, Becky, yn gobeithio y bydd yn colli ychydig

145

o bwysau yn y ffosydd yn ystod y pythefnos nesa o deledu byw.

Shot Lydan: Y gynulleidfa i gyd yn mynd yn wyllt. Pawb yn chwifio breichiau, baneri a hancesi gwyn.

Cyflwynydd *(SA)*   Dyna'r pedwar. Dyna'u hanes i gyd. A dyma ble byddan nhw'n mynd . . .

VT 2: Dechrau gyda shot hanesyddol ddu a gwyn o'r ffosydd yn ffedio a thoddi i mewn i luniau lliw o fersiwn modern o'r un peth. Y camera'n mynd o un lle i'r llall yn y ffos.

Cyflwynydd *(tr.)*   Do, r'yn ni wedi cael gafael ar union safle un o'r ffosydd o Ryfel Byd Un ac wedi ei ail-greu yn y fan a'r lle. Dyma'r ffos lle bydd y pedwar yn byw, y shelter neu'r cwt mochel lle byddan nhw'n cysgu, y twll yn y ddaear lle byddan nhw'n gwneud eu busnes . . . a dyma Llinos, un o'r llygod 'cyfeillgar' fydd yn cadw cwmni iddyn nhw.

Torri: Y gynulleidfa'n cymeradwyo eto a dweud 'Ych a fi'.

Cyflwynydd *(SG)*   A nawr rhowch groeso i'r stiwdio i'r pedwar Tommy Teilwng, y Milwyr Mentrus . . . dyma nhw i chi.

Shot Lydan: Llawr y stiwdio i gyd a'r pedwar dyn yn martsio i mewn o'r dde mewn iwnifform milwyr o'r Rhyfel Byd Cyntaf.

Cyflwynydd *(SA)*   GYDA'R CHWITH! BA-ROD! SEFWCH YN GYFFORDDUS!

(SG)   Na, dyna chi, dim arbed arian ar y sioe yma, r'yn ni hyd yn oed wedi cyfieithu iaith y Sarjiant Major . . . wel, nid y cyfan o'i iaith, wrth gwrs. Fydd dim rhegi ar y sioe hon . . . ac mae hynny'n eich cynnwys chi eich pedwar, cofiwch.

Torri: Shot o'r pedwar yn edrych ar ei gilydd, gan godi aeliau a chwerthin.

Cyflwynydd *(SG)*   Ond dyna ddigon o falu. Mae'n amser mynd i ryfel. R'ych chi'n cofio'r sefyllfa. Y Kaiser yn ceisio concro Ewrop; Prydain, dan y Cymro Mawr Lloyd George, yn ymladd yn ôl. Reit, 'te, Gadwyr Gwalia, y Taffies bach, mae'n amser i chi fynd. Welwn ni chi fory . . . I'R GAD!

Shot Lydan: Y teuluoedd – dwy wraig, tri phlentyn, un cariad a rhieni Ifan ap Gruffydd – yn rhedeg ymlaen i'r

147

'Stesion', y 'milwyr' yn ffarwelio â nhw cyn camu ar y 'trên'.
Y 'trên' yn cael ei dynnu allan o'r sèt i'r chwith.

Torri: Y gynulleidfa'n mynd yn wallgo.

PEDWERYDD DIWRNOD

Shot Lydan Iawn: Dai Ellis Evans gyda sgrîn y tu ôl iddo
yn dangos shot wedi ei thynnu oddi ar fryn gydag ehangder o
dir y tu cefn iddo a gwersyll yn y pellter, gyda ffens a thyrau
gwylio.

Cyflwynydd	Croeso'n ôl . . . i ganol Rhyfel Byd Un ac mae'n dechrau troi'n ychydig o frwydr yn ffos *I'r Gad* hefyd.
Cyflwynydd *(SG)*	Na, dyw pethe ddim yn dda i gyd gyda'r pedwar Milwr Mentrus chwaith. Ers pedwar diwrnod maen nhw wedi bod yn aros . . . ac aros . . . ac aros.

Torri: Shot o'r pedwar dyn yn y man cysgodi. Tri yn chwarae
cardiau. Un yn archwilio gwn. Dydyn nhw ddim yn
ymwybodol fod y camera arnyn nhw.

Cyflwynydd *(tr.)*	Fel y gwelwch chi, does yna ddim byd yn digwydd ac mae'r aros yn dechrau whare ar eu nerfe nhw –

148

twtsh o gynghanedd fan'na bois –
Hedd Wyn *eat your heart out* . . .
eisoes r'yn ni wedi gweld tensiyne
rhwng Sion Williams a Hugh
Prosser . . . tros y toiledau . . . Y
Frwydr Tros Garthu'r Geudy . . . ac
aeth pethe'n ffyrnig . . .

Cyflwynydd *(SA)*   Dyna nhw i chi a nawr, o'r
diwedd, mae rhywbeth yn mynd i
ddigwydd . . . diwedd ar y
diflastod . . . ond a fyddan nhw'n
hoffi hynny . . . tybed shwt fyddan
nhw'n ymdopi nawr . . . gadewch
inni weld.

Shot Ganol: Y tri yn chwarae cardiau.

Sion Williams   Does dim isio bod mor
gystadleuol, nacoes. Dim ond gêm
o gardia ydi hi . . .

Hugh Prosser   Dim ond un ffordd o whare sy,
ba'n. Rhoddi cant y cant i miwn
iddi, ife.

James Robertson   Dw i'n delio nawr, dw i'n
credu . . .

*CLEC ANFERTH. Y caban yn crynu, offer yn cael ei
daflu ar draws yr ystafell.*

149

Y camera'n chwifio'n wyllt, cyn sefydlogi ar Ifan.

Ifan *(SA)*   Iesu Grist, be uffar oedd hwnna?

Camera arall ar y tri (SG)

Hugh Prosser   *Artillery fire*. Oedd e'n swnio'n
blydi real i fi.

Sion Williams   Dyna hi wedi'i gwneud hi rŵan,
(allan o shot)   beth bynnag.

Y gweddill yn troi i edrych. Y camera'n eu dilyn at Sion.

Sion Williams   Sbïwch, mae ein caniau dŵr ni
wedi chwalu. Does yna ddim
diferyn ar ôl yn y rhan fwya
ohonyn nhw. Dim ond un sy'n
gyfan.

James Robertson   Ond beth ydyn ni'n gwneud?

Hugh Prosser   Wedes i fod hwnna'n swno'n real,
yndofe? Oedd e'n ddigon real i
wneud damej, ta beth.

James Robertson   Ond beth ydyn ni'n gwneud?

Sion Williams   Defnyddio'r *field telephone*, siŵr
Dduw, a gofyn i'r cynhyrchwyr am
ddŵr newydd.

Hugh Prossser yn codi'r ffôn a throi'r handlen.

Hugh Prosser *(SA)* Helô . . . dewch i mewn . . .
HQ . . . Helô . . .

Torri: Wynebau'r lleill yn codi aeliau.

Hugh Prosser *(SA)* Sdim ateb . . . ma'r blydi lein wedi
torri 'fyd.

Torri: Wynebau'r lleill yn llawn dryswch.

Cyflwynydd *(SG)* A, dyna ni, croeso'n ôl i'r stiwdio.
Mae'r rhyfel wedi dechre go iawn
. . . ac mae rhagor o dricie i ddod.

*Torri: Y gynulleidfa yn cymeradwyo'n frwd a dal i
gymeradwyo wrth i'r cyflwynydd gloi'r rhaglen.*

Cyflwynydd *(SA)* Dewch yn ôl aton ni bob dydd am
yr wythnos a hanner nesa i weld
shwt mae ein pedwar Tommy ni
yn mynd i Drafod y Drin.

Cyflwynydd *(SL)* TAN Y TRO NESA. I'R GAD!

Torri: Y gynulleidfa'n mynd yn wallgo.

WYTHFED DIWRNOD

Shot lydan. DEE ar y bryncyn a'r gwersyll y tu ôl iddo.

Cyflwynydd Ie, dyma chi. Syrpreis bach arall i ddechrau Diwrnod Wyth o *I'r Gad*. R'yn ni wedi dod ma's yma i Wlad Belg ac yn darlledu'n fyw i chi yn ôl fan'na yn y stiwdio.

Torri: Y gynulleidfa'n gweiddi 'Wwwwww' ac 'O la la!'

Cyflwynydd Diolch yn fawr, diolch yn fawr . . . ond d'yn ni ddim yma i fwynhau'r gwin, y genod a'r gân achos mae pethe'n dechre mynd yn anodd yn . . . Ffos *I'r Gad*.

Torri: Shots byw o'r ffos a'r caban lloches yn y cefndir. Y pedwar yn lled-orwedd mewn mwd a dŵr. Ifan ap Gruffydd yn hanner-cysgu. Bandej budr am fraich Sion Williams.

Cyflwynydd *(tr.)* Be ddwedson ni ar ddechre'r gyfres? Y bydden ni'n torri tir newydd yn y maes teledu. A dyna r'yn ni'n wneud. Mae'r rhaglen hon yn fwy real na realiti ei hun.

Cyflwynydd *(SA)* O, odi wir. Oedden nhw'n disgwyl cael rhagor o ddŵr. Gawson nhw fe?

Torri: Y gynulleidfa'n gweiddi, 'Naddo!'

Cyflwynydd *(SA)*   Oedden nhw'n disgwyl cael meddyginiaeth a help. Gawson nhw fe?

Torri: Y gynulleidfa'n gweiddi, 'Naddo!'

Cyflwynydd *(SA)*   Oedden nhw'n disgwyl rhywun i glirio'r toiledau. Gawson nhw fe?

Torri: Y gynulleidfa'n gweiddi, 'Naddo!'

Cyflwynydd *(SA)*   A doedden nhw ddim yn disgwyl llygod mawr go iawn. Gawson nhw rai?

Torri: Y gynulleidfa'n gweiddi a chwerthin, 'DO!'

Cyflwynydd *(SL)*   Nawr yn ôl â ni i mewn i'r ffos ei hun, i'r gwersyll sydd y tu cefn i fi fan'co. A chofiwch, does dim modd iddyn nhw ddianc. Mae'r ffensys yn rhai trydan ac, os byddan nhw'n trio dianc, fyddan nhw'n clywed sŵn *shells* a bwledi yn fflachio heibio'u penne nhw . . .

Cyflwynydd *(SA)*   A d'yn nhw ddim yn gwybod a ydyn nhw'n iawn neu beidio. Dewch i mewn inni gael tamed o sbort.

Torri: Shot agos o Ifan ap Gruffydd. Golwg ofnadwy arno.
Ei lygaid yn bŵl.

Ifan ap Gruffydd   Fydd rhaid i fi gael help. Sa i'n
                        hanner da . . . wir nawr . . . dim
                        chware.

Shot o'r tri arall.

Hugh Prosser   Paid â jaco fe i mewn nawr, ba'n.
                        Dere, alli di wneud hi. Dim ond
                        pump diwrnod i fynd.

Sion Williams   Ond os ydi o'n wirioneddol sâl,
                        mae'n rhaid inni neud rwbath,
                        allwn ni ddim gadal iddo fo.

James Robertson   Does dim dewis gyda ni.

Hugh Prosser   Nacoes, ti'n itha reit, James. Do's
                        dim dewis gyda ni; rhaid inni
                        stico ddi ma's.

James Robertson   Ond, nid meddwl hynny . . .

Ifan ap *(SA)*   Sori, Hugh, alla i ddim.

Hugh Prosser *(SA)* Ond rhaid inni stico 'ddi ma's,
                        bois. Rhaid inni!

Shot lydan o'r cyfan. Sion Williams yn edrych o'i gwmpas
ac yna'n camu'n union at y camera.

Sion Williams   Gwrandwch, pwy bynnag ydach
chi a lle bynnag ydach chi. Mae'n
rhaid ichi roi help i'r hogyn 'ma.
Rhaglan deledu neu ddim. Mae
o'n sâl. Wir i chi. Dim jôc. Mae'n
rhaid inni ei gael o allan.

Cyflwynydd *(SA)*   Drama neu beth? Wel, beth 'ych
chi'n feddwl ddylen ni wneud?

Torri: Y gynulleidfa'n edrych ar ei gilydd.

Cyflwynydd *(SL)*   Maen nhw draw yn y gwersyll
draw fanco eisie i ni fynd i mewn i
gael un ohonyn nhw ma's. Ond
mae hon yn rhaglen REAL. Beth
ddylen ni wneud? Ddylen ni eu
helpu nhw?

Torri: Y gynulleidfa'n gweiddi 'NA!'

Cyflwynydd *(SA)*   Dyna ni 'te. Rhaid i'r sioe fynd
ymlaen. A fory, llythyr i James gan
ei wraig yn dweud ei bod hi'n ei
adael – dim ond jôc, ond dyw e
ddim yn gwybod hynny. Dewch
yn ôl i weld beth fydd yn digwydd.
I'R GAD!

TRYDYDD DIWRNOD AR DDEG

Montage: Cyfres gyflym o luniau yn dangos digwyddiadau'r 12 diwrnod. Y ffarwelio, y setlo i mewn, y gawod oer gynta, straffaglu gyda'r stôf baraffin, yr ymosodiad cynta, Ifan yn mynd yn sâl, ffraeo rhwng Hugh a'r gweddill, apêl Sion, James yn agor y llythyr, Hugh yn ceisio codi calon James, Ifan yn dihoeni.

Cyflwynydd *(SA)*   Dau ddiwrnod ar ôl. Y diwedd yn y golwg!

Shot lydan yn dangos ei fod yn sefyll yn union y tu allan i'r ffensys dur.

Cyflwynydd *(SG)*   Yn union y tu ôl i'r ffens hon, ychydig gannoedd o lathenni y tu mewn i'r gwersyll, mae'r pedwar Tommy Teilwng yn brwydro i aros yn y rhaglen. Chi yn y stiwdio, dangoswch beth r'ych chi'n feddwl ohonyn nhw!

Torri: Y gynulleidfa'n cymeradwyo, gweiddi a chwibanu a chwifio baneri am hanner munud da.

Cyflwynydd *(SG)*   A dydyn nhw'n haeddu dim llai. *Rock On*, Tommy!

Shot lydan o'r pedwar yn y ffosydd. Golwg ddychrynllyd arnyn nhw. Yr unig un sy'n symud yw Hugh Prosser.

Budreddi difrifol o'u cwmpas. Ifan ap Gruffydd yn hollol
ddiymadferth. Clwyfau agored gan y ddau arall.

Cyflwynydd *(tr.)*   Dyna nhw i chi, yn edrych damed
                            yn wahanol i'r hyn oedden nhw
                            ddeuddeg diwrnod yn ôl. Ie, dim
                            ond deuddeg diwrnod.

Cyflwynydd *(SA)*   Ond mae un syrpréis bach arall ar
                            ôl. Ydyn nhw'n barod am hyn?
                            Dim rhagor o falu . . . i mewn â
                            ni . . .

Torri: Shot lydan o'r pedwar yn dal am dipyn heb ddim yn
digwydd.

Toddi: Shots agos o bob un yn ei dro. Aros ar Hugh Prosser.

Hugh Prosser *(SA)*   Wi'n mynd i stico 'ddi ma's. Ddes
                            i yma i wneud job a wi'n mynd i'w
                            gneud hi 'fyd.

Sion Williams *(SA)*   Dy hun fyddi di 'ta. Ydan ni am
                            fynd dros y top . . . allan . . . o'ma.
                            Does yna ddim point i hyn i gyd,
                            rhaglan deledu neu ddim. Ydach
                            chi'n cytuno, hogia?

Torri: Shot lydan. James Robertson yn hanner amneidio.

Sion Williams   Mi fydd rhaid i ni gario Ifan,
(o SL i SA)   James, OK? . . . Barod?

157

Torri: Shot lydan o'r pedwar. Hugh Prosser yn hanner troi cefn. Dim yn digwydd am beth amser, yna Sion Williams a James Robertson yn codi'n ara ar eu traed ac yn mynd at Ifan ap Gruffydd ym mhen draw'r ffos.

Hugh Prosser   Pidwch â bod yn wirion, bois. So chi'n gwbod beth sydd 'na 'ych chi?

Sion Williams   Dim byd gwaeth na fa'ma. Mi fydd rhaid iddyn nhw roi stop ar y cyfan . . . ac mi fyddi di wedi ennill, byddi?

CLEC FAWR. Y camera'n tywyllu. Rhai eiliadau o dywyllwch.

Torri: Y gynulleidfa yn y stiwdio. Yn edrych yn hanner cyffrous, hanner pryderus.

Torri: Shot lydan o gamera pell yn dangos y ffos a'r tri yn y pen pella yn symud ychydig. Y llun yn aneglur.

Sion Williams *(SL)* Dyna ni. Dyna setlo'r peth i chditha hefyd siawns, Hugh. Ddoi di rŵan? . . . C'laen, ateba, nei di? Neu, wyt titha'n cachu dy hunan 'wan hefyd? . . . C'laen, Hugh.

Torri: Y camera'n troi at Hugh Prosser a mynd yn nes gan geisio cadw ffocws. Hugh Prosser yn gorwedd a defnyn o waed yn treiglo o gornel ei geg.

Torri: Shot lydan. Sion Williams yn symud draw ato.

Sion Williams *(SL)* C'laen, Hugh. Be wyt ti am
neud? . . . Hugh! . . . Iesu mawr.
'Dio ddim yn anadlu. Mae o wedi
marw!

James Robertson Dim cellwair, Sion. Mae pethau'n
(yn dod i mewn rhy ddifrifol.
i'r llun)

Sion Williams *(SA)* Dim blydi cellwair, James. Sbia ar
y ffycin gwaed.

Shot yn rhewi. Torri at DEE.

Cyflwynydd *(SA)* Nawr 'te! Beth am hynna? Wedon
ni fod siocs i gael! Beth 'ych chi'n
feddwl o hynna?

*Torri: Y gynulleidfa'n dechrau clapio'n ansicr, wedyn yn
frwd ac yn y diwedd yn gweiddi a chwibanu.*

Cyflwynydd *(SA)* Ydy popeth ar ben? Nagyw ddim.
Heb yn wybod iddyn nhw, r'yn ni
wedi gosod cameras hefyd yng
nghartrefi'r teuluoedd.

Torri: Y gynulleidfa'n gweiddi a chwibanu.

Cyflwynydd (SG)   Fory, fe gawn ni eu gwylio nhw yn gwylio'r rhaglen yma . . . sut wnaeth teulu Hugh Prosser ymateb i'r lluniau r'ych chi newydd eu gweld? Dyna beth yw realiti go iawn. Dewch yn ôl fory i weld. I'R GAD!

Stori

Dim ond ar ddamwain y sylwodd hi ei hunan. Wrth sgrolio'n ôl ac ymlaen tros ddogfennau yn y swyddfa. Os oeddech chi'n gwneud hynny'n gyflym, roedd y geiriau'n troi'n glytiau du ar sgrîn y cyfrifiadur a phatrymau'n ymddangos yn y gwagleoedd gwyn o'u cwmpas.

Patrwm y bylchau oedd hynny, wrth gwrs, ac, ambell dro, ar ddiwrnod tawelach na'i gilydd, mi fyddai hi'n chwarae o gwmpas tipyn ac yn sgrolio i fyny ac i lawr i chwilio am batrwm trawiadol. Fel rhai o'r lluniau yna sy'n twyllo llygaid, roedd hi'n amhosib dweud beth oedd yn creu'r patrwm, ai'r geiriau ynteu'r darnau gwyn.

Diemwntau, trionglau neu led-gylchoedd oedd yno gan amla ond, weithiau, roedd hi'n bosib dychmygu wyneb. Neu fath o adeilad. Neu symbol.

Feddyliodd hi erioed, wrth ladd amser yn y swyddfa, fod hynny am newid ei bywyd.

Gartre y digwyddodd hynny, a hithau'n gweithio'n hwyr ar y nofel. Roedd hi wrth ei bodd ar adegau felly, yn sgrifennu yn y tywyllwch heb yr un golau ond gwawl laswyn y sgrîn, a'r lamp fach ar y silff yn goleuo'r allweddi. Ynys fach mewn môr tywyllwch.

Nid chwarae o gwmpas yr oedd hi y tro hwnnw. Dim ond edrych yn ôl tros y gwaith ac, am fod angen tjecio rhyw fanylyn neu'i gilydd, yn trio mynd yn ôl o'r diwedd at y bennod gynta. Roedd hi'n hoff o sgrolio i wneud hynny, yn hytrach na phwyso'r botwm i neidio'n ôl i'r brig. Trwy sgrolio, roedd hi'n cael teimlad o'r holl sgrifennu yr oedd hi eisoes wedi'i wneud, bron fel petai hi'n teimlo'r nofel yn symud o dan ei dwylo.

Efallai fod a wnelo testun y stori rywbeth â'r hyn ddigwyddodd. Stori yn codi o ardal ei chartre yn ôl yng Nghymru, yn Ardudwy; y darn lledrithiol hwnnw o ddaear y tu hwnt i len y Rhinogydd, yn hongian rhwng mynydd a môr. Goleuadau Egryn. Roedd y stori wedi ennyn ei chwilfrydedd erioed, ers ei chlywed gynta yn blentyn. Y goleuadau gwyrthiol. Coel gwlad. A ninnau'n nesu at eu canmlwyddiant.

Newyddiadurwr oedd ei phrif gymeriad hi. Fel hithau, wedi gadael Ardudwy i fyw yn Lloegr ac yn teithio'n ôl ar orchymyn ei olygydd i wneud hwyl am ben y ffenomenon newydd yn y gorllewin. Ar ôl cyrraedd, wrth reswm, roedd hi'n fwy cymhleth na hynny, ac yntau'n gorfod wynebu ei agwedd ei hun at ei orffennol a'i gefndir ac at faterion ysbrydol hefyd. Yn cael ei rwygo bob ffordd.

Roedd hi'n sgrolio'n ôl oherwydd ei bod hi wedi cyrraedd lle anodd yn y stori ac angen ailgydio yn y llinyn. Dyna ogoniant cyfrifiadur; roedd modd symud yn ôl ac ymlaen mewn amser a digwyddiadau a, thrwy'r rhyngrwyd, ar draws hefyd ac i drydydd dimensiwn. Newid ein perthynas â gwybodaeth. Newid ein ffordd o feddwl.

A hithau, wrth sgrolio, yn pendroni am drywydd y stori, wnaeth hi ddim sylwi ar y ffurfiau i ddechrau.

Roedd y cyfan fel llun yn sydyn yn dod i ffocws. Ynghanol y rhaeadr lythrennau o'i blaen, roedd yna siâp croes ac argraff o seren a hyd yn oed drumwedd a allai edrych fel corff dioddefus Iesu Grist. Erbyn hynny, roedd hi'n canolbwyntio'n llwyr ar y patrymau ar wyneb y geiriau. Roedd Ei wyneb yno hefyd, ac wedyn Ei lygaid.

Mi redodd y geiriau i fyny ac i lawr fwy nag unwaith, i wneud yn siŵr, ond yr un oedd yr effaith bob tro. O symud y llith ar y cyflymder cywir, roedd y ffurfiau'n ymrithio i'r wyneb bob tro, heb fod yn gwbl eglur ond yn ddigon amlwg i'w pherswadio nad dychmygu yr oedd hi. Sgrifennodd hi ddim rhagor y noson honno, nid am fod y rhith yn mennu arni ond oherwydd cyffro. Cyfle i fynd i lefel newydd efo'r gwaith.

Doedd hi ddim wedi meddwl sôn wrth neb, a dim ond tros yr ysgwydd y soniodd hi wrth Alice. Ei hasiant llenyddol. Tros goffi. Ar fore Sadwrn yn y caffi bach rownd y gornel.

Mi ddylai fod wedi nabod Alice a rhagweld beth fyddai'n digwydd, yn enwedig ar ôl i honno fynnu cael dod yn ôl i'r fflat i weld y peth drosti ei hun. Mi ddylai fod wedi amau fwy fyth pan ddaeth gohebydd celfyddydau o'r *Daily Mail* heibio i holi sut oedd pethau'n mynd efo'r nofel newydd. Doedd y *Mail* erioed wedi holi am ei gwaith o'r blaen.

O lech i lwyn y cyrhaeddodd honno at y ffurfiau rhithiol. Mae'n grefft holi cwestiynau diniwed i gyrraedd at ateb yr ydech chi'n ei wybod yn barod. Mae fel hwrgi o ddyn mewn parti yn siarad a sgwrsio a rhannu gwin, nes eich bod chi mewn cornel ac yn ei chael hi'n anodd i ddianc. Chithau heb sylweddoli beth sy'n digwydd nes ei bod hi'n rhy hwyr.

Dynes oedd hon. Roedd hi fel dynes yn eich tynnu i sgwrs am gydnabod a'ch hudo'n ddiarwybod i ladd arni. Ar ôl dechrau, mae'n anodd stopio a chithau'n edifar am bob gair, hyd yn oed wrth eu hynganu.

Trwy lwc, fedrai neb dynnu ffotograff o'r rhithiau. O aros, doedd dim yno. Hyd yn oed ar deledu, roedd fflachio anweledig y sgrîn – y golau sy'n gwibio'n ôl ac ymlaen trosti yn rhy gyflym i'r llygad ei ddal – yn ei gwneud hi'n anodd i godi'r lluniau'n ddigon da i'w dangos. Ond roedd y stori'n ddramatig yn y *Mail*, ar dudalen rhwng y pryderon iechyd diweddara a'r sibrydion am ymosodiad terfysgol. Chwerthin wnaeth hithau i ddechrau.

Roedd stori'r goleuadau gwreiddiol yn dal i'w chorddi, er na fedrai ddeall yn union pam. Ynghanol brwd-frydedd Diwygiad '04 '05, digwyddiad digon disylw oedd gweledigaeth Mary Jones a'r goleuadau rhyfedd. Ond roedd pobl eraill wedi eu gweld nhw hefyd ac mae'n bosib fod ei chyndadau – a'i chynfamau – hi ei hun wedi rhannu'r rhyfeddod.

Roedd hi'n gallu eu dychmygu nhw'n mentro allan gefn drymedd nos, mewn gwlad lle'r oedd tywyllwch yn dywyllwch a'r dechnoleg newydd, hyd yn oed os oedd hi wedi ei dyfeisio bryd hynny, heb gyrraedd Dyffryn Ardudwy. Ond roedd siarad am bethau rhyfedd yn y gwynt ac, yn union wedi troad y ganrif, roedd dychymyg y byd yn llawn o bethau newydd, yn gymysgedd o awydd ac ofn.

Hyd yn oed wrth iddyn nhw gamu allan i'r buarth, a thynnu eu cotiau'n dynnach amdanyn nhw rhag gwynt main dechrau Rhagfyr; hyd yn oed wrth iddyn nhw gerdded yr hanner milltir ddu rhwng cysgodion y coed tua'r capel; hyd yn oed wrth wneud y pethau syml pob dydd fel godro a charthu a chorddi, roedd y byd o'u cwmpas nhw'n newid, a phawb arall yn gwybod hynny.

I'r awyrgylch hwnnw y dychwelodd ei phrif gymeriad, yn fwy bydol ddoeth na'r gymdeithas yr oedd wedi ei gadael ar ôl. Roedd hi wedi gwneud iddo aros mewn gwesty bychan yn y Bermo yn hytrach nag efo rhai o'i hen berthnasau – er mwyn gwneud pwynt am y berthynas rhyngddyn nhw ond hefyd er mwyn rhoi cyfle i ddisgrifio taith fin nos ar hyd y glannau, lle mae'r carafanau heddiw, ond lle, bryd hynny, doedd yna ddim ond y clytiau caeau a'r waliau cerrig sych yn batrymau gwyn yng ngolau'r lleuad. Taith yn y trên oedd hi – yr un lein ag sydd yno heddiw – a'r symboliaeth yn amlwg wrth i'r anghenfil modern dorri ei rych trwy'r hen, hen ardaloedd hynny.

Y peryg oedd gwneud y disgrifiadau'n rhy ddramatig, mynd ormod i mewn i ysbryd y peth, nes colli golwg ar yr effaith a'r ffordd y byddai'r geiriau'n cael eu darllen gan bobl eraill, mewn parlyrau pell, mewn meysydd awyr a llofftydd blinedig. Dyna pam fod golygydd ac asiant a phobl felly yn gymaint o help.

Alice, pwy arall, a gafodd y syniad o roi'r nofel ar CD-ROM yn hytrach na chyhoeddi traddodiadol. Dyna'r unig ffordd y gallai darllenwyr weld y rhithiau hefyd. Gimic. Diddrwg, efallai, a go brin y byddai o'n llwyddo.

Ychydig filoedd oedd gwerthiant ei nofelau fel arfer a doedd gan bawb ddim cyfrifiaduron.

Dyna pam y daeth y cyhoeddusrwydd yn gymaint o sioc. Er y dylai fod wedi meddwl. Alice. Cnau gweigion. Dim perthynas. Cyn bo hir, roedd sawl gohebydd celfyddydau arall yn pwyso botwm yr intercom a'r camerâu cylch cyfyng yn eu dangos nhw, fel cysgodion tu chwith, yn sefyllian wrth y drws. Y papurau trymion, fel arfer, ond hyd yn oed ambell un o'r tabloids a chriw teledu neu ddau.

Efallai mai chwarae'r gêm yr oedd y gohebwyr, gan wybod fod chwalu neu gynnal y syniad yn help i werthu papurau newydd a chodi'r ffigurau gwylio. Felly'n union yr oedd hi yn 1904 hefyd. Ond doedd dim yn esbonio ymateb pobl gyffredin. Roedd yna sôn am dröedigaethau. Merched yn dod ati yn y stryd a'r siop, yn cydio yn ei llaw, yn edrych i fyw ei llygaid. A diolch.

Sawl tro, mi aeth hithau'n ôl i edrych eto. Sgrolio'n ôl ac ymlaen a, rhywsut, ers i'r cynnwrf ddechrau, roedd y ffurfiau'n dod yn gliriach iddi hithau a mymryn o ias yn ei meingefn wrth eu gweld. Mi fyddai ei mam wedi bod wrth ei bodd. Ganddi hi y clywodd am oleuadau Egryn, a'i llais yn llawn balchder lleol. Ac mi ddaeth gwahoddiad i siarad yn y Theatr yn Harlech. Gwlithog oedd yr hen air. Ar ei gwaetha, mi deimlodd gynnwrf.

Yn y nofel, roedd hi wedi creu cymeriad hanner-dychmygol. Nid gwrach wen yn union, ond hen wraig oedd yn deall y llysiau a'r hen feddyginiaethau. Hanner-dychmygol, am fod rhyw stori yn y teulu am fodryb o'r fath ac ambell un o hen bobl y pentre'n dal i sôn amdani efo parchedig ofn.

Llandanwg. Mi aeth yno. Ymchwil. Yr hen eglwys fach oedd yn arfer bod dan luwchfeydd o dywod. Roedd yr hen gerrig beddi wedi'u datguddio eto, a'r twyni wedi eu cadw nhw fel newydd tros y canrifoedd. Yn well na phe baen nhw wedi eu gadael ar drugaredd y gwynt a'r heli. Ond roedd yno lai o hud rywsut na phan oedd y twyni'n hanner ei chuddio, a'r eglwys yn rhy daclus, bron. Dim ond wrth eistedd yn dawel ynddi y gwelodd hi ei stori ei hun yn rhedeg o flaen ei llygaid. Nid y stori ond y rhithiau.

Mynd am dro hefyd. Hyd y grib lle'r oedd Mary Jones wedi gweld y goleuadau. Rhyfedd meddwl fod neb wedi coelio.

Bore Sadwrn. Paned o goffi. Harvey Nichols. Alice.

'Rhaid iti sgrifennu un arall. Erbyn y flwyddyn nesa.'

'Ond fedra i ddim. Nid peth bwriadol oedd o.'

'Byddai lansiad at y Nadolig yn berffaith. Yr amser gorau i bethau ysbrydol.'

'Ond fedra i ddim. Ti'm yn dallt. Dw i eisio sgwennu rhywbeth gwahanol.'

'Amhosib. Dyma dy faes di bellach.'

Map

Mae'r peth yn ddefod ers tro byd bellach. Mi fydda i'n mynd draw at ddrôr y dresal a thynnu'r map allan a'i osod o ar y bwrdd. Bob bora adag panad ddeg. Ac wedyn gadael i fy llygid grwydro drosto fo; yr un ffordd bob tro, o'r mynydd i lawr i'r pentra.

Fedra i ddim esbonio'r gyfaradd, pam fod 'na deimlad cynnas braf yn lledu trwy 'ngwythienna fi wrth ddilyn y llinella main oren neu neidio efo'r nentydd gleision i lawr y llethra, cyn oedi mymryn mewn rhyw gilfach glir. A'r caea hefyd, yn batrwm twt fel petaen nhw wedi bod felly erioed yn ffitio'n daclus i'w gilydd.

Ar ôl y ddamwain y dechreuis i, a'r hen benglinia 'ma wedi mynd yn rhy gloniog at ddefnydd go iawn, heblaw am ryw shyntio rhwng y parlwr a'r gegin. Finna wedi arfar bod wrth fy modd yn cerddad, nid i ryw fynyddoedd pell fel pobl ifanc, ond ar hyd yr hen lefydd cyfarwydd.

Hyd yn oed wedyn, er bod sawl blwyddyn wedi treiglo ers hynny, mi fyddwn i'n medru mynd yno eto, trwy gyfrwng y map. Y ffurfia a'r symbola ar y papur – er mor ddienaid ydyn nhw – yn troi'n llefydd go iawn ac yn codi oddi ar y bwrdd i greu byd o 'nghwmpas i. Mi fyddwn i hyd yn oed yn clywed y syna, gwich sgrech y coed fel llafn yn torri rhisgl a sguthan yn canu grwndi'n felys ar fora braf. Weithia mi fyddai 'na sŵn pobl.

Dyna pam fod y misoedd d'wytha 'ma wedi bod yn gymint o sgytwad. Go drapia'r peth; mae o'n fy nrysu fi'n lân, ond na feiddia i ddim sôn wrth neb rhag ofn iddyn nhw feddwl fy mod i'n colli 'ngafal. Dyna o'n inna'n ei ama ar y dechra hefyd ond ma' 'na fwy iddi na hynny, llawar mwy.

Mi fydda dagra yn fy llygid i reit amal wrth daro ar ryw le neu lecyn. Am eu bod nhw'n deffro rhyw atgofion neu deimlad a'r rheiny weithia yn hollol annelwig, ond yr un mor fyw er hynny. Weithia doedd dim ond angan gweld enw a theimlo'i sŵn o ar dafod y cof. Mi fydda'r dagra'n dod radag honno hefyd, fel haenan o agar dros ffenast. Ond nid dyna sy'n fy nallu fi bellach.

Dim ond yn ddiweddar y dechreuodd petha fynd o chwith, a finna'n rhyw ama mai'r hen olwg oedd yn bygwth methu. Rhwbath i'w ddisgwl reit siŵr. A finna'n trio peidio cymryd sylw, na chyfadda i fi fy hun fod un dim o'i le. Ac, eto, mi fedra i weld popath yn yr hen dŷ yma – ma' fisitors yn synnu fy ngweld i cystal – ac mi fedra i edrach trwy'r ffenast fach a gweld y tai newydd ar ochr arall y dyffryn.

Dyna pam y dechreuis ama fod rhwbath mwy ar waith, rhwbath na fedrwn i mo'i esbonio. Yn lle plesar ac edrach ymlaen wrth godi o'r hen gadair 'ma i fynd am y dresal, mi ddaeth 'na ofn. Mi ddechreuis gydio yn handlan y ddrôr fel tasa hi'n farwor byw ac, eto, rhwsut, fel dyn yn mynd am gyffur, fedrwn i ddim peidio. Lawar gwaith, mi fûm i yno am hydoedd a'r hen law 'ma'n crynu. Oedd ei symudiad hi yn union fel y cudyll coch y byddwn i'n ei weld dan Glogwyn Henbant a'i adenydd o'n siglo mor gyflym fel mai synhwyro'r symudiad

oeddwn i, nid ei weld. Ond ofn oedd fy nghryndod i, er
'mod i'n gwybod fod rhaid mentro.

Sgin i ddim co'n union pryd y dechreuodd y diffyg,
chwaith; wnes i ddim nodyn o'r peth yn yr hen lyfr
cownt na chymryd gormod o sylw am y dwrnod neu
ddau cynta, dim ond rhoi'r bai ar y gola neu gymryd fod
yr haul trwy'r ffenast fach yn taro'n chwithig ar draws y
papur. Ond o ddwrnod i ddwrnod, o wsos i wsos, mi
ddechreuis i feddwl fod 'na rwbath cythreulig ar waith.
A dyna ydi'r gair. Fydda i ddim yn defnyddio petha
fel'na'n ysgafn – hen ffasiwn eto siŵr o fod – ond sut arall
ma' esbonio'r peth?

Enwa'r mynyddoedd aeth gynta. Agor y map, a
smwddio tros y rhycha a chwilio am y llythrenna
cyfarwydd. Bron nad o'n i ddim yn darllan y geiria erbyn
hynny; roedd y cwbwl mor gyfarwydd. Awgrym oedd y
llythrenna, proc i'r hen go', dyna i gyd; gweld eu siâp
nhw, a gwbod be oedd pob enw. Y dwrnod cynta, chwilio
am Cefn Coch yr o'n i a methu'n lân â'i weld o. A finna
wedi bwriadu gweld rhyw gylfinir neu ddwy a chlywad
sŵn eu hiraeth nhw ar y gwynt. Rhyfadd ydi'r ffordd y
ma'r synhwyra'n cymysgu; mi fyddwn i wastad yn gweld
eu cri nhw fel rhaff hir, hir yn cael ei daflu tros ymyl
dibyn i rywun mewn trybini.

Y Foel Arw oedd nesa, y dwrnod wedyn. Oedd y
llinellau oren yno o hyd, yn dynn at ei gilydd lle'r oedd
y llethrau ucha'n cipio'ch gwynt chi, ac oedd y symbol
trionglog yn dal yno lle mae'r peth mesur 'nw ar y copa.
Ond fedrwn i ddim yn lân â gweld yr enw. Nid 'mod i
angan yr enw, siŵr iawn, ond yno y dylia fo fod.

Mi aeth enwau'r Graig Lefn a Chribor a'r gweddill

wedyn, o ddwrnod i ddwrnod, nes 'mod i yn y diwadd yn ymbalfalu tros y papur fel dyn dall. Panic oedd o, am wn i, fel tasa colli'r enw yn golygu colli'r peth a finna'n poeni y baswn i, o dipyn i beth, yn colli nabod ar p'run oedd p'run ac yn colli fy llwybra trwy'r eithin a'r clympia grug.

Erbyn hynny, wrth reswm, mi ro'n i'n gwbod yn iawn fod mwy na fy llygid i ar fai. Roedd enwa'r llethra a'r ffriddoedd wedi dechra diflannu fesul un ac un ac wedyn fesul dau a dau. Diflannu, mynd, a dim byd ar y map i ddangos ble buon nhw. Mi fasa'r hen bobl wedi rhoi'r bai ar y tylwyth teg, ond tydw i ddim yn credu yn y rheiny.

Mi fyddwn i'n mynd i'r drôr, yn teimlo'r map yn ei le yn y gornal bella a'i dynnu fo allan, yn dyner, yn union fel arfar. Ei handlo fo'n ofalus, fel taswn i'n ofni fod yr enwa am ddisgyn allan. Troi a thri cham at y bwrdd, a'i agor o, fel pob dwrnod arall, i fyny i ddechrau, allan i'r chwith wedyn ac, yn ola, ei festyn o i'w faint tros yr oelcloth.

Ond, waeth pa mor ofalus o'n i, oedd yr enwa'n dal i ddiflannu. Mi fyddwn i'n oedi'n hirach a hirach cyn agor yr hen beth ond yn dal i fethu peidio. Ymhen ychydig, wrth gwrs, mi ddigwyddodd yr hyn yr o'n i'n ei ofni. Mi ddechreuodd y llinella a'r symbola bylu hefyd. O ddydd i ddydd, oedd y cylchoedd oren yn llai a llai amlwg, fel y cryndod bach ar ôl taflu carrag yn marw ar wynab pwll, neu rychau'r tonnau mewn tywod yn cael eu gwastatáu gin y gwynt. Mi fyddwn i'n mynd â fy mysadd trostyn nhw, ond cilio yr oeddan nhw o ddydd i ddydd.

Tydw i ddim yn credu mewn ysbrydion a phetha felly chwaith. Ma' 'na ryw esboniad trostyn nhw reit siŵr, yn union fel yr oedd hen chwedla'n cynnwys rhyw hen hen wirionadd. Fel yr hen bobl yn deud am Lyn Crawia nad oedd neb wedi gweld ei waelod o a'i fod o'n llyncu plant bach. Ffordd giwt o'n cadw ni draw, dyna i gyd, a'r stori'n well na rhybudd. A'r hen chwedl honno oedd gin Mam am y ferch a'r bedol haearn . . . rhyw hen, hen go' wedi'i gadw mewn costral o eiria.

Ond mae Llyn Crawia wedi mynd erbyn hiddiw; oddi ar y map. A Tyddyn Llethr hefyd. Mi deimlis i chwithdod mawr pan welis i fwlch lle'r oedd hwnnw.

Erbyn hyn, nid chwilio am yr enwa sydd yno fydda i, ond am y rhai sydd wedi diflannu. Bob bora mi fydda i'n agor y map gan wbod y bydd rhagor wedi mynd. I le dwn i ddim. Mi fuis i'n ddigon gwirion un bora i roi fy llaw ym mhen pella'r drôr i neud yn siŵr nad oedd y llythrenna'n un pentwr yn fanno, wedi casglu fel llwch yn y gongol.

Taswn i'n credu yn y petha arallfydol 'ma, mi faswn i'n taeru fod 'na felltith ar y tŷ, neu arna i fy hun. Dw i wedi trio meddwl yn ôl i gofio be wnes i o'i le; be oedd yn ddigon drwg i haeddu cael fy mhoeni fel'ma. Mi fydda 'na straeon am betha felly hefyd, am anifeiliaid yn diflannu, neu hyd yn oed blant, yn gosb ar berchnogion a rhieni. Rheiny fydda Mam yn eu hadrodd wrth y tân erstalwm – rial teulu bach Nant Oer – a finna'n hannar coelio hannar chwerthin ac yn aros yn effro'r nos. Dw i'n trio peidio meddwl mai rhwbath felly sy'n digwydd a finna wedi trio byw yn reit agos at fy lle.

Mynd yn arafach y bydd y clytia coed, a'r pylla bach sydd fel llygid, a'r llunia brwyn sy'n dangos lle mae'r corsydd a'r siglenni a'r mawnogydd. Cilio fyddan nhw, mewn gwirionadd, yr inc fel tasa fo'n mynd yn wannach a gwannach, fel rhywun yn cerdded tros drum yn y pelltar a mynd yn llai a llai.

Amball dro, mae un o'r cymdogion wedi dod i mewn a finna yn fy mhlyg tros y map. Trio'i guddio fo fydda i wedyn a chymryd arna nad oes dim byd o'i le. Dw i ddim yn meddwl eu bod nhw wedi fy ngweld i yn fy nryswch a, beth bynnag, ma'r hen ffrindia wedi arfar gweld y ddalan fawr yn gorad ar y bwrdd. Does 'na neb wedi deud dim am yr enwa, ond falla na wnaethon nhw ddim sbio'n iawn, dim ond taro cip heb weld, fel y byddwch chi efo petha cyfarwydd.

Y ddynas drws nesa ydi'r unig un yr ydw i'n sicr ei bod hi wedi gweld. Chwara teg, peth fach ddiarth ydi hi, wedi symud yno ryw flwyddyn neu ddwy yn ôl bellach, ond ma' hi'n galw yma ryw ben bob wsos i weld a ydw i'n iawn. Mi ddaeth hi fewn y dwrnod o'r blaen a finna'n mynd trw fy mhetha ac mi edrychodd hi'n syth ar y map; fedra hi ddim peidio â gweld. Ond un feddylgar ydi hi, chwara teg, a chymrodd hi ddim arni o gwbl ei bod hi'n sylwi fod ei hannar o'n wag.

Dw i wedi meddwl tynnu sylw un neu ddau o'r teulu, ond chwerthin fysan nhw. Saff i chi. Ac ma' meddwl am drafod yr hen beth a gorfod chwilio am atab i'r benblath yn dechra f'anniddigo fi trwydda. Dw i fel taswn i ar biga'r drain o fora gwyn tan nos. Roedd y map yn y dresal yn bwysig cynt, ond mae o ganwaith pwysicach bellach.

Oedd colli'r Ffridd Isa yn waeth na dim. Ma' 'na amball i le sy'n arbennig. Mi fuodd bron i mi roi'r gora iddi ar ôl hynny, ond mynd yn ôl wnes i'r bora wedyn, ar fy ngwaetha, fel erioed. A gweld fod yr Allt wedi mynd, a'r Odyn a Rhos Bach. Yn y diwadd, o un llecyn i'r llall, toes yna ddim ar ôl ond y papur.

Mae'r aflwydd bron â chyrradd y pentra erbyn hyn. Mi fydda i'n rhoi'r gora i edrach radag honno. Pan fydd o bron â chyrradd y tŷ 'ma.

Ella y dyliwn i losgi'r map cyn hynny, beth bynnag, rhag i'r felltith fyw ar fy ôl i. Faswn i ddim isio i neb arall ddiodda.

Twyni

Rywbryd, filoedd o leuadau'n ôl, ar asen o graig dan y dŵr hallt, arhosodd gronyn o dywod. Ac wedyn un arall.

Fel y bluen eira gynta sy'n aros yn ddigon hir i'r nesa gyrraedd.

Ar y dechrau, doedd neb yn sylwi, dim ond fod y llanw'n arafu yn yr aber o ddegawd i ddegawd a chanrif.

Dechreuodd luwchio heb i neb sylwi, a'r tywod cyn hir yn ddechrau ar ddaear newydd.